卞尺丹几乙し丹卞と
Translated Language Learning

Alices Abenteuer im Wunderland

As Aventuras de Alice no País das Maravilhas

Lewis Carroll

Deutsch / Português

Runter in den Kaninchenbau
Descendo a Toca do Coelho

Alice fing an, sehr müde zu werden
Alice estava começando a ficar muito cansada
Sie saß neben ihrer Schwester auf der Grasbank
Ela estava sentada ao lado da irmã no banco de grama
aber sie hatte nichts zu tun
mas ela não tinha nada para fazer
Ihre Schwester las ein Buch
sua irmã estava lendo um livro
Ein- oder zweimal schaute Alice in das Buch
uma ou duas vezes Alice espiou o livro
aber das Buch enthielt keine Bilder oder Gespräche
Mas o livro não tinha fotos ou conversas
"Was nützt ein Buch ohne Bilder?", dachte Alice
"De que serve um livro sem imagens?", pensou Alice
"Warum sollte ein Buch keine Gespräche führen?"
"Por que um livro não teria conversas?"
Aber sie hatte noch andere Dinge zu bedenken
mas ela tinha outras coisas a considerar

"Es wäre ein Vergnügen, eine Kette aus Gänseblümchen zu machen"

"Fazer uma corrente de margaridas seria um prazer"

"Aber lohnt es sich, aufzustehen und die Gänseblümchen zu pflücken??"

"Mas será que vale a pena o esforço de se levantar e pegar as margaridas??"

Das war nicht so leicht zu denken

Não foi tão fácil pensar nisso

weil sie sich an diesem Tag schläfrig und dumm fühlte

porque o dia estava a fazê-la sentir-se sonolenta e estúpida

aber plötzlich wurden ihre Gedanken unterbrochen

mas, de repente, seus pensamentos foram interrompidos

ein weißes Kaninchen mit rosa Augen lief dicht an ihr vorbei

um coelho branco de olhos cor-de-rosa corria perto dela

Es war nichts übermäßig Bemerkenswertes an dem Kaninchen

Não havia nada de muito notável no coelho

und Alice fand das Kaninchen auch nicht bemerkenswert

e Alice também não achava o coelho notável
auch überraschte es sie nicht, als das Kaninchen sprach
nem a surpreendeu quando o Coelho falou
»O je! Ich werde zu spät kommen!« sagte er zu sich selbst
"Oh querida! Vou chegar tarde demais!", disse a si mesmo
aber dann tat das Kaninchen etwas, was Kaninchen nicht tun
mas depois o Coelho fez algo que os coelhos não fizeram
das Kaninchen zog eine Uhr aus der Westentasche
o Coelho tirou um relógio do bolso do colete
Er schaute auf die Uhr und eilte dann weiter
Olhou para a hora e depois apressou-se
Alice erhob sich erstaunt
Alice pôs-se de pé, espantada
Sie hatte noch nie zuvor ein Kaninchen mit Weste gesehen!
ela nunca tinha visto um coelho com um colete antes!
noch hatte sie je ein Kaninchen mit einer Uhr gesehen!
nem nunca tinha visto um coelho com um relógio!
Alice brannte vor neuer Neugierde
Alice estava ardendo com uma nova curiosidade
und sie rannte über das Feld hinter dem Kaninchen her
e ela correu pelo campo atrás do Coelho
Sie kam gerade noch rechtzeitig, um das Kaninchen verschwinden zu sehen
ela estava a tempo de ver o coelho desaparecer
Das Kaninchen hüpfte in einen großen Kaninchenbau hinab
o coelho saltou para uma grande toca de coelho
Im nächsten Augenblick stürzte Alice hinter dem Kaninchen her!
Em outro momento, desceu Alice atrás do coelho!
Der Kaninchenbau ging geradeaus wie ein Tunnel
A toca do coelho seguia em linha reta como um túnel
und der Tunnel ging noch eine Weile weiter
e o túnel continuou por alguma distância
und dann senkte sich der Weg plötzlich hinunter
e então o caminho de repente mergulhou
Alice hatte keinen Augenblick, daran zu denken, ob sie sich

zurückhalten sollte
Alice não teve um momento para pensar em parar-se
Sie fiel hin und hinunter und hinunter
ela se viu caindo e descendo e descendo
Es schien, als sei sie in einen sehr tiefen Brunnen gefallen
parecia que ela tinha caído num poço muito profundo
Entweder war der Brunnen sehr tief, oder sie fiel sehr langsam
Ou o poço era muito profundo, ou ela caía muito lentamente
denn sie hatte viel Zeit zum Fallen
porque ela tinha muito tempo para cair
Als sie fiel, konnte sie sich umsehen
Enquanto ela estava caindo, ela podia olhar ao seu redor
Zuerst versuchte sie herauszufinden, wohin sie ging
Primeiro, ela tentou descobrir para onde estava indo
aber der Brunnen war zu dunkel, um etwas zu sehen
mas o poço estava muito escuro para ver qualquer coisa
Dann blickte sie auf die Seiten des Brunnens
depois olhou para os lados do poço
Und sie bemerkte, dass überall um sie herum Schränke standen
e reparou que havia armários à sua volta
und rings um den Brunnen waren Bücherregale
e ao redor do poço havia estantes de livros
Hier und da sah sie Karten und Bilder, die an Pflöcken hingen
aqui e ali ela viu mapas e fotos pendurados em estacas
Im Vorbeigehen nahm sie ein Glas aus einem der Regale
Ela tirou um frasco de uma das prateleiras enquanto passava
Das Glas wurde für seinen Inhalt gekennzeichnet
O frasco foi rotulado pelo seu conteúdo
"MARMELADE AUS ORANGEN"
"MARMELADA FEITA DE LARANJAS"
Aber zu ihrer großen Enttäuschung war das Marmeladenglas leer
mas, para sua grande deceção, o frasco de marmelada estava vazio

Sie wollte das leere Marmeladenglas nicht fallen lassen
Ela não queria largar o frasco de marmelada vazio
und ihr Fall war sehr langsam
e sua queda foi muito lenta
So schaffte sie es, das Marmeladenglas in einen der Schränke zu stellen
então ela conseguiu colocar o frasco de marmelada em um dos armários
Nieder, hinunter, hinunter fiel sie!
Para baixo, para baixo, para baixo ela cai!
Würde der Fall jemals ein Ende haben?
Será que a queda chegaria ao fim?
Es gab nichts anderes zu tun
Não havia mais nada a fazer
so fing Alice bald an, mit sich selbst zu reden
então Alice logo começou a falar consigo mesma
»Dinah wird mich heute abend sehr vermissen, sollte ich meinen!«
"Dinah vai sentir muita falta de mim esta noite, devo pensar!"
Dinah war Alices Katze
Dinah era a gata de Alice
»Ich hoffe, sie werden sich an ihre Untertasse mit Milch zur Teezeit erinnern.«
"Espero que se lembrem do pires de leite dela na hora do chá"
»Dinah, meine Liebe, ich wünschte, du wärst hier unten bei mir!«
"Dinah, minha querida, eu gostaria que você estivesse aqui comigo!"
Alice fühlte, als würde sie einschlafen
Alice sentiu que estava a cochilar
Und dann plötzlich, dumpf! Bums!
e, de repente, bater! baque!
Sie fiel auf einen Haufen Stöcke
abaixo, ela caiu sobre um monte de paus
und sie landete auf einem Haufen trockener Blätter
e ela pousou em uma pilha de folhas secas
Und endlich war der lange Sturz in das Loch vorbei

e, finalmente, a longa queda pelo buraco acabou
Alice war kein bisschen verletzt
Alice não ficou nem um pouco magoada
und sie sprang in einem Augenblick auf
e ela saltou dentro de um momento
Sie blickte auf, aber es war alles dunkel über ihr
Ela olhou para cima, mas estava tudo escuro por cima
Vor ihr lag ein weiterer langer Korridor
à sua frente havia outro longo corredor
und das weiße Kaninchen war noch in Sicht
e o Coelho Branco ainda estava à vista
Er eilte den Korridor hinunter
apressava-se pelo corredor
Es war kein Augenblick zu verlieren
Não havia um momento a perder
davonlief Alice wie der Wind
fora correu Alice como o vento
um die Ecke drehte sich das Kaninchen
ao virar da esquina virou o coelho
Sie kam gerade noch rechtzeitig, um das Kaninchen zu hören
ela estava a tempo de ouvir o coelho
"Oh, meine Ohren und Schnurrhaare"
"Oh, meus ouvidos e bigodes"
"Wie spät es wird!"
"Quão tarde está chegando!"
Sie war dicht hinter dem Kaninchen
Ela estava perto atrás do coelho
Sie bog um eine weitere Ecke
Ela virou outra esquina
aber das Kaninchen war nicht mehr zu sehen
mas o Coelho já não era para ser visto
Sie befand sich in einer langen, niedrigen Halle
Ela se viu em um longo e baixo salão
Der Saal wurde von einer Reihe von Deckenlampen erleuchtet
O salão foi iluminado por uma fileira de lâmpadas de teto

Überall im Saal gab es Türen
Havia portas ao redor do salão
aber alle Türen waren verschlossen
mas todas as portas estavam trancadas
Sie ging den ganzen Weg an der einen Seite des Flurs hinunter
Ela caminhou por todo o caminho por um lado do corredor
Und sie war den ganzen Weg auf der anderen Seite des Flurs hinaufgegegangen
e ela tinha caminhado até o outro lado do salão
Sie hatte jede Tür ausprobiert
ela tinha tentado todas as portas
Und sie ging traurig in der Mitte des Saales entlang
e ela caminhou tristemente pelo meio do corredor
"Wie komme ich da mal wieder raus?"
"Como é que eu vou sair de novo?"

Plötzlich stieß sie auf einen kleinen Tisch
De repente, deparou-se com uma mesinha
Der Tisch wurde komplett aus massivem Glas gefertigt
a mesa era feita inteiramente de vidro sólido

Auf dem Tisch lag nichts als ein winziger goldener Schlüssel
Não havia nada sobre a mesa, mas uma pequena chave de ouro
Der Schlüssel könnte zu einer der Türen gehören!
a chave pode pertencer a uma das portas!
Aber ach! Einige der Schlösser waren zu groß für die Schlüssel
mas, infelizmente! algumas das fechaduras eram grandes demais para as chaves
und für die anderen Schlösser war der Schlüssel zu klein
e para as outras fechaduras a chave era muito pequena
aber auf jeden Fall öffnete der Schlüssel keine der Türen
mas, de qualquer forma, a chave não abriu nenhuma das portas
Aber was sollte sie tun?
Mas o que ela deveria fazer?
Sie ging wieder durch den Saal
ela passou pelo corredor novamente
Und diesmal bemerkte sie einen niedrigen Vorhang
e desta vez notou uma cortina baixa
Hinter dem Vorhang war eine kleine Tür
atrás da cortina havia uma pequena porta
Die Tür war etwa fünfzehn Zoll hoch
A porta tinha cerca de quinze centímetros de altura
Sie probierte den kleinen goldenen Schlüssel im Schloss aus
Ela tentou a pequena chave dourada na fechadura
Und zu ihrer großen Freude passte der Schlüssel ins Schloss!
e para seu grande deleite, a chave cabia na fechadura!
Alice öffnete die Tür
Alice abriu a porta
und sie fand, daß die Tür in einen kleinen Korridor führte
e ela encontrou a porta que dava para um pequeno corredor
Der Korridor war nicht viel größer als ein Rattenloch
o corredor não era muito maior do que um buraco de rato
Sie kniete nieder und blickte den Korridor entlang
Ajoelhou-se e olhou pelo corredor

Und sie sah den schönsten Garten, den du je gesehen hast
e ela viu o jardim mais lindo que você já viu
wie sehr sie sich danach sehnte, aus dieser dunklen Halle herauszukommen
como ela desejava sair daquele salão escuro
wie sie sich wünschte, zwischen diesen leuchtenden Blumen zu wandern
como ela queria vagar entre aquelas flores brilhantes
Wie cool die Erfrischung dieser Brunnen aussah
como era legal refrescar aquelas fontes
aber sie konnte nicht einmal ihren Kopf durch die Tür stecken
mas ela não conseguia sequer passar a cabeça pela porta
»Oh,« sagte Alice traurig
— Oh — disse Alice, triste
»wie sehr wünschte ich, ich könnte mich zusammenfalten wie ein Fernrohr!«
"como eu gostaria de poder dobrar como um telescópio!"
"Ich glaube, ich könnte mich zusammenfalten wie ein Teleskop"
"Acho que podia dobrar-me como um telescópio"
"Wenn ich nur wüsste, wie ich anfangen sollte"
"se eu soubesse como começar"
Alice ging zurück an den Tisch
Alice voltou à mesa
Es bestand die Möglichkeit, einen weiteren Schlüssel zu finden
havia a chance de encontrar outra chave
Oder es gibt ein Buch mit Regeln
ou pode haver um livro de regras
Das Buch könnte ihr sagen, wie man sich wie ein Teleskop zusammenfaltet
o livro podia dizer-lhe como se dobrar como um telescópio
Diesmal fand sie ein Fläschchen
Desta vez, ela encontrou uma garrafinha
"Diese Flasche war gewiß vorher nicht hier," sagte Alice
"Esta garrafa certamente não estava aqui antes", disse Alice

Und um den Flaschenhals war ein Papieretikett gebunden
e amarrado ao redor do gargalo da garrafa havia um rótulo de
papel
**Das Etikett war wunderschön in großen Buchstaben
gedruckt**
A etiqueta foi lindamente impressa em letras grandes
"TRINK MICH"
"BEBA-ME"
»Nein, ich werde erst nachsehen«, sagte sie
"Não, vou olhar primeiro", disse ela
**"Ich werde sehen, ob die Flasche als giftig gekennzeichnet
ist oder nicht."**
"Vou ver se a garrafa está marcada como venenosa ou não"
weil sie die Lektion über das Gift nie vergessen hat
porque ela nunca esqueceu a lição sobre veneno
**"Wenn eine Flasche als giftig gekennzeichnet ist, wird sie
Ihnen bestimmt nicht zustimmen"**
"Se uma garrafa é rotulada como venenosa, é provável que
discorde de você"
Diese Flasche war jedoch nicht als giftig gekennzeichnet
No entanto, esta garrafa não foi marcada como venenosa
so wagte Alice es, den Inhalt der Flasche zu kosten
então Alice aventurou-se a provar o conteúdo da garrafa
Sie fand die Flüssigkeit ganz nach ihrem Geschmack
ela achou o líquido bastante ao seu gosto
Das Getränk hatte einen gemischten Geschmack
a bebida tinha uma espécie de sabor misto
Kirschkuchen, Vanillepudding und Ananas
torta de cereja, creme e abacaxi
Gebratener Truthahn, Toffee und Toast mit heißer Butter
peru assado, caramelo e torradas com manteiga quente
und bald trank sie die Flasche aus
e ela logo terminou a garrafa
"Was für ein merkwürdiges Gefühl!" sagte Alice
"Que sensação curiosa!", disse Alice
"Ich klappe mich zusammen wie ein Teleskop!"
"Estou a dobrar-me como um telescópio!"

Und sie faltete sich tatsächlich zusammen wie ein Teleskop!
E ela estava dobrando como um telescópio de fato!
Sie war jetzt nur noch zehn Zentimeter groß
Ela tinha agora apenas dez centímetros de altura
und ihr Gesicht erhellte sich bei ihren Gedanken
e o seu rosto iluminou-se com os seus pensamentos
Jetzt hatte sie die richtige Größe für das Türchen
agora ela era do tamanho certo para a pequena porta
Jetzt konnte sie in diesen schönen Garten gehen
agora ela podia ir para aquele lindo jardim
Bald hörte sie auf, kleiner zu werden
Logo ela parou de ficar menor
Sie beschloß, sofort in den Garten zu gehen
Ela decidiu ir para o jardim imediatamente
aber wehe der armen Alice!
mas, ai da pobre Alice!
Sie kam zur Tür
ela chegou à porta
Aber sie hatte den kleinen goldenen Schlüssel vergessen
mas ela tinha esquecido a pequena chave de ouro
Sie ging zurück zum Tisch, um den Schlüssel zu holen
Ela voltou para a mesa para a chave
aber sie merkte, daß sie nicht hoch genug greifen konnte
mas ela descobriu que não conseguia chegar alto o suficiente
Sie konnte den Schlüssel ganz deutlich durch das Glas sehen
ela podia ver a chave claramente através do vidro
Sie versuchte, die Beine des Tisches hinaufzuklettern
ela tentou subir pelas pernas da mesa
Aber das Glas war viel zu rutschig
mas o copo estava muito escorregadio
Irgendwann erschöpfte sie sich mit dem Versuch
Eventualmente, ela se cansou de tentar
Und das arme kleine Mädchen setzte sich hin und weinte
e a pobre menina sentou-se e chorou
Alice sprach ziemlich scharf mit sich selbst
Alice falou consigo mesma de forma bastante incisiva

"Komm, es hat keinen Zweck, so zu weinen!"
"Venha, não adianta chorar assim!"
"Ich rate dir, gleich aufzuhören!"
"Aconselho-o a parar logo neste minuto!"
Sie gab sich im Allgemeinen sehr gute Ratschläge
Ela geralmente se dava muito bons conselhos
obwohl sie nur sehr selten ihren eigenen Rat befolgte
embora ela muito raramente seguisse seus próprios conselhos
und sie war manchmal zu streng mit sich selbst
e ela às vezes era muito dura consigo mesma
und ihre Worte trieben ihr Tränen in die Augen
e as suas palavras trouxeram-lhe lágrimas aos olhos
Bald fiel ihr Blick auf einen kleinen Glaskasten
Logo seu olho caiu sobre uma caixinha de vidro
Der kleine Glaskasten lag unter dem Tisch
A caixinha de vidro estava deitada debaixo da mesa
In dem Glaskasten befand sich ein sehr kleiner Kuchen
na caixa de vidro havia um bolo muito pequeno
Auf dem Kuchen waren einige Worte schön geschrieben
No bolo algumas palavras foram lindamente escritas
die Worte waren in Johannisbeeren markiert worden
as palavras tinham sido marcadas em groselhas
"MICH ESSEN"
"COME-ME"
"Nun, ich werde den Kuchen essen," sagte Alice
"Bem, eu vou comer o bolo", disse Alice
"Und wenn mich der Kuchen größer werden lässt, kann ich den Schlüssel erreichen"
"e se o bolo me fizer crescer, posso chegar à chave"
"Und wenn mich der Kuchen kleiner werden lässt, kann ich unter die Tür kriechen"
"e se o bolo me fizer ficar menor, posso rastejar debaixo da porta"
"Also so oder so komme ich in den Garten"
"então de qualquer maneira eu vou entrar no jardim"
"Und es ist mir egal, was von beidem passiert!"
"E eu não me importo qual dos dois acontece!"

Sie aß ein wenig von dem Kuchen
Ela comeu um pouco do bolo
und sie sprach ängstlich zu sich selbst:
e ela ansiosamente falou consigo mesma:
"In welche Richtung? In welche Richtung?"
"De que maneira? De que maneira?"
und sie hielt die Hand auf den Kopf
e ela segurou a mão na cabeça
Sie wollte spüren, in welche Richtung sie wuchs
ela queria sentir de que maneira ela estava crescendo
Sie war ganz überrascht, als sie erfuhr, was geschehen war
Ela ficou bastante surpresa ao descobrir o que tinha
acontecido
Sie war gleich groß geblieben!
ela tinha permanecido do mesmo tamanho!
Also verdoppelte sie dieses Mal ihre Bemühungen
Então, desta vez, ela dobrou seus esforços
Und bald war der ganze Kuchen fertig
e logo ela terminou todo o bolo

Der Pool der Tränen

A Piscina das Lágrimas

"Das wird immer interessanter!" rief Alice

"Isto está a ficar cada vez mais interessante!", gritou Alice

Man kann sehen, dass sie sehr überrascht war

Você pode ver que ela ficou muito surpresa

"Ich öffne mich wie das größte Teleskop, das es je gab!"

"Estou abrindo como o maior telescópio que já existiu!"

»Auf Wiedersehen, Füße! Oh, meine armen kleinen Füße"

"Adeus, pés! Oh, meus pobres pezinhos"

"Ich frage mich, wer euch jetzt die Schuhe anziehen wird, meine Lieben?"

"Eu me pergunto quem vai calçar seus sapatos para você agora, queridos?"

»und ich frage mich, wer Ihre Strümpfe anziehen wird?«

"E eu me pergunto quem vai colocar suas meias?"

"Ich werde viel zu weit weg sein"

"Estarei muito longe"

"Ich werde mich nicht mehr um dich kümmern können"

"Eu não vou mais poder me preocupar com você"

In diesem Augenblick schlug ihr Kopf gegen etwas

Neste exato momento, sua cabeça bateu contra algo

Sie hatte das Dach des Saales erreicht

ela tinha chegado ao telhado do salão

Tatsächlich war sie jetzt mehr als zwei Meter groß

na verdade, ela tinha agora mais de dois metros de altura

und sie ergriff sogleich den kleinen goldenen Schlüssel

e ela imediatamente assumiu a pequena chave de ouro

und sie eilte zur Gartentür

e ela correu para a porta do jardim

Arme Alice! Es gab nicht viel, was sie tun konnte

Coitada da Alice! Não havia muito que ela pudesse fazer

Sie legte sich auf die Seite

Deitou-se de um lado

Und sie blickte mit einem Auge in den Garten hinein

e ela olhou para o jardim com um olho

Aber durchzukommen war hoffnungsloser denn je

Mas passar foi mais desesperado do que nunca

Sie setzte sich und fing wieder an zu weinen

Sentou-se e começou a chorar novamente

Sie fuhr fort, literweise Tränen zu vergießen

Ela continuou derramando galões de lágrimas

Bald war ein großer Pool um sie herum

Logo havia uma grande piscina ao seu redor

und das Wasser reichte bis zur Hälfte des Flurs

e a água chegou a meio do corredor

Nach einer Weile hörte sie ein leises Getrappel von Füßen

Depois de um tempo, ela ouviu um pequeno bater de pés

Sie hörte die Füße aus der Ferne kommen

ouviu os pés que vinham de longe

Und sie trocknete sich hastig die Augen, um zu sehen, was kommen würde

e secou apressadamente os olhos para ver o que estava por vir

Es war das weiße Kaninchen, das zurückkehrte

Era o Coelho Branco a regressar

Er war prächtig gekleidet

ele estava esplendidamente vestido

Er hatte ein Paar weiße Handschuhe in der einen Hand

Ele tinha um par de luvas brancas em uma das mãos

Und in der anderen Hand hatte er einen großen Federfächer

e ele tinha um grande leque de penas na outra mão

Er kam in großer Eile dahergetrabt

Ele veio trotando com muita pressa

und er murmelte vor sich hin: »Ach! die Herzogin, die Herzogin!«

e murmurou para si mesmo: "Oh! a Duquesa, a Duquesa!"

»Ach! wird sie nicht wild sein, wenn ich sie habe warten lassen?«

"Ah! ela não será selvagem se eu a mantive esperando!"

Als das Kaninchen in ihre Nähe kam, sprach Alice
Quando o Coelho se aproximou dela, Alice falou
aber sie sprach mit leiser, schüchterner Stimme
mas ela falava com uma voz baixa e tímida
"Sir, bitte hören Sie für einen Moment auf, was Sie tun"
"Senhor, por favor, pare o que você está fazendo por um
momento"
Das Kaninchen erschrak heftig
O Coelho assustou-se violentamente
Er ließ die weißen Handschuhe und den Federfächer fallen
deixou cair as luvas brancas e o leque de penas
und er eilte fort in die Dunkelheit, so schnell er konnte
e fugiu para a escuridão o mais rápido que pôde
Alice hob den Federfächer und die Handschuhe auf
Alice pegou o ventilador de penas e as luvas
**Und sie fächelte sich immer wieder Luft zu, während sie
sprach**
e ela continuou se fantasiando enquanto continuava falando
»Liebes, liebes Kind! Wie seltsam ist das alles heute!"

"Querido, querido! Como tudo é estranho hoje!"
"Gestern ging es weiter wie bisher"
"Ontem as coisas correram como habitualmente"
"War ich heute Morgen noch so, als ich aufgestanden bin?"
"Eu era o mesmo quando me levantei esta manhã?"
"Aber wenn ich nicht mehr derselbe bin, dann ist das eine andere Frage"
"Mas se eu não sou o mesmo, há outra questão"
"Wer in aller Welt bin ich?"
"Quem no mundo sou eu?"
"Ah, das ist das große Rätsel!"
"Ah, esse é o grande quebra-cabeça!"
Während sie das sagte, blickte sie auf ihre Hände hinunter
Ao dizer isso, ela olhou para suas mãos
Sie trug einen der kleinen weißen Handschuhe des Kaninchens
Ela estava usando uma das pequenas luvas brancas dos coelhos
Sie hatte nicht bemerkt, dass sie den Handschuh angezogen hatte, während sie sprach
ela não tinha notado que ela colocou a luva enquanto falava
"Wie konnte ich das machen?" dachte sie
"Como posso ter feito isso?", pensou
"Ich muss wieder klein werden"
"Devo estar a ficar pequeno outra vez"
Sie stand auf und ging zum Tisch, um ihre Größe zu messen
Levantou-se e foi para a mesa medir a sua altura
Sie stellte fest, dass sie jetzt etwa einen halben Meter groß war
descobriu que tinha agora cerca de meio metro de altura
und sie schrumpfte immer noch schnell
e ela ainda estava encolhendo rapidamente
Bald fand sie heraus, was die Ursache für das Schrumpfen war
Ela logo descobriu qual era a causa do encolhimento
Der Federfächer machte sie wieder kleiner!
o fã de penas estava a torná-la mais pequena outra vez!

Und sie ließ hastig den Federfächer fallen

e ela largou o leque de penas às pressas

Sie ließ den Federfächer gerade noch rechtzeitig fallen, um sich zu retten

Ela largou o ventilador de penas a tempo de se salvar

Hätte sie sich noch länger Luft zugefächelt, wäre sie völlig zusammengeschrumpft

se ela tivesse se fantasiado mais, teria se encolhido completamente

»Das war ein knappes Entkommen!« sagte Alice

"Foi uma fuga por pouco!", disse Alice

und sie erschrak sehr über die plötzliche Veränderung

e ela ficou bastante assustada com a mudança repentina

aber sie war sehr froh, daß sie noch da war

mas ela estava muito feliz por se encontrar ainda na existência

"Und jetzt ab in den Garten!"

"E agora, vamos para o jardim!"

Und sie lief mit aller Geschwindigkeit zurück zu der kleinen Tür

E ela correu com toda a velocidade de volta para a pequena porta

Aber ach! Das Türchen wurde wieder geschlossen

mas, infelizmente! a pequena porta foi fechada novamente

Und das goldene Schlüsselchen lag wieder auf dem Glastisch

e a pequena chave dourada estava deitada na mesa de vidro novamente

"Es ist schlimmer als je!" dachte das arme Kind

"As coisas estão piores do que nunca", pensou a pobre criança

"So klein war ich noch nie, niemals!"

"Nunca fui tão pequena como antes, nunca!"

Bei diesen Worten rutschte ihr Fuß aus

Quando ela disse essas palavras, seu pé escorregou

Und im nächsten Augenblick gab es ein großes Plätschern!

e em outro momento houve um grande splash!

Sie stand bis zum Kinn im Salzwasser

ela estava até o queixo em água salgada

Ihre erste Idee war, dass sie irgendwie ins Meer gefallen war
A sua primeira ideia foi que, de alguma forma, tinha caído no mar
Sie erkannte jedoch bald, worin sie sich befand
No entanto, ela logo percebeu no que estava
Sie war in einer Tränenlache
Ela estava em uma poça de lágrimas
die Tränen, die sie geweint hatte, als sie zwei Meter groß war
as lágrimas que chorara quando tinha dois metros de altura

In diesem Augenblick hörte sie etwas
Só então ela ouviu algo
Etwas plätscherte im Pool herum
algo estava espirrando na piscina
Das Plätschern kam aus einiger Entfernung
os salpicos vieram de um pouco longe

und sie schwamm näher, um zu sehen, was das Plätschern war

e ela nadou mais perto para ver o que era o salpicos

Bald sah sie, dass es nur eine kleine Maus war

Ela logo viu que era apenas um ratinho

Auch die kleine Maus war ins Wasser geschlüpft

O ratinho também tinha escorregado para a água

Alice dachte bei sich über die Situation nach

Alice pensou consigo mesma sobre a situação

"Würde es etwas nützen, mit dieser Maus zu sprechen?"

"Seria de alguma utilidade falar com este rato?"

"Hier unten steht alles auf dem Kopf"

"Aqui está tudo tão de cabeça para baixo"

"Ich denke, es ist sehr wahrscheinlich, dass diese Maus sprechen kann."

"Devo pensar muito provavelmente que este rato pode falar"

"Es schadet jedenfalls nicht, es zu versuchen"

"De qualquer forma, não há mal nenhum em tentar"

Also begann sie zu versuchen, mit der Maus zu sprechen

Então ela começou a tentar falar com o rato

"Oh Maus, kennst du den Weg aus diesem Pool?"

"Oh Mouse, você sabe o caminho para sair desta piscina?"

"Ich bin es leid, hier herumzuschwimmen, oh Maus!"

"Estou muito cansado de nadar por aqui, Oh Mouse!"

Die Maus schaute sie ziemlich neugierig an

O rato olhou-a de forma bastante curiosa

Die Maus schien mit einem ihrer kleinen Augen zu blinzeln

O rato parecia piscar com um dos seus olhinhos

Aber die kleine Maus sagte nichts

mas o ratinho não disse nada

"Vielleicht versteht die Maus kein Englisch!" dachte Alice

"Talvez o rato não entenda inglês", pensou Alice

"Ich wage zu behaupten, es ist eine französische Maus"

"Ouso dizer que é um rato francês"

"Vielleicht kam diese Maus mit Wilhelm dem Eroberer herüber"

"talvez este rato tenha vindo com Guilherme, o Conquistador"

Also fing sie wieder an, auf Französisch
Então ela começou de novo, em francês
"Wo ist meine Katze?", fragte sie auf Französisch
"Onde está o meu gato?", perguntou em francês
es war der erste Satz in ihrem französischen Unterrichtsbuch
foi a primeira frase do seu livro-aula de francês
Die Maus machte einen plötzlichen Sprung aus dem Wasser
O Rato deu um salto repentino para fora da água
Und die Maus schien am ganzen Leibe vor Schreck zu zittern
e o rato parecia tremer todo de susto
"Oh, ich bitte um Verzeihung!" rief Alice hastig
"Oh, peço perdão!", gritou Alice apressadamente
Sie fürchtete, sie habe die Gefühle des armen Tieres verletzt
ela tinha medo de ter ferido os sentimentos do pobre animal
"Ich habe ganz vergessen, dass du keine Katzen magst"
"Esqueci-me que não gostavas de gatos"
"Ich mag keine Katzen!" rief die Maus mit schriller, leidenschaftlicher Stimme
"Eu não gosto de gatos!", gritou o Rato com uma voz estridente e apaixonada
"Hättest du gerne Katzen, wenn du ich wärst?"
"Você gostaria de gatos, se você fosse eu?"
Alice tröstete die Maus in einem beruhigenden Ton
Alice confortou o rato num tom suave
"Naja, vielleicht würde ich an deiner Stelle auch keine Katzen mögen"
"Bem, talvez eu não gostasse de gatos se eu fosse você também"
"Bitte ärgern Sie sich nicht über die Erwähnung von Katzen"
"por favor, não se zangue com a menção de gatos"
"Und doch wünschte ich, ich könnte dir unsere Katze Dina zeigen"
"E, no entanto, eu gostaria de poder mostrar-lhe a nossa gata Dinah"
"Wenn du sie treffen würdest, würdest du wohl Gefallen an Katzen finden"

"se você a conhecesse, acho que levaria uma fantasia aos
gatos"
"Wenn du sie nur sehen könntest"
"Se você só pudesse vê-la"
"Sie ist so ein liebes, stilles Ding"
"Ela é uma coisa tão querida e tranquila"
Die Maus zitterte am ganzen Körper
O rato tremia todo
**Alice war sich sicher, dass die Maus wirklich beleidigt sein
musste**
Alice sentiu-se certa de que o rato devia estar realmente
ofendido
"Wir reden nicht mehr über sie, wenn du lieber nicht willst"
"Não vamos mais falar dela, se preferir não"
"Wir, allerdings!" rief die Maus
"Nós, de fato!", gritou o Rato
Die Maus zitterte bis zum Ende ihres Schwanzes
o rato tremia até ao fim da cauda
»Als ob ich über so ein Thema reden würde!«
"Como se eu falasse sobre um assunto desses!"
"Unsere Familie hat Katzen schon immer gehasst"
"A nossa família sempre odiou gatos"
"Katzen; Gemeine, niedrige, gemeine Dinger!"
"gatos; coisas desagradáveis, baixas, vulgares!"
"Laß mich den Namen nicht noch einmal hören!"
"Não me deixe ouvir o nome novamente!"
"Katzen will ich ja nicht mehr erwähnen!" sagte Alice
"Não vou falar de gatos de novo!", disse Alice
Sie hatte es sehr eilig, das Thema zu wechseln
ela estava com muita pressa para mudar de assunto
"Bist du... Lieben Sie Hunde?«
"Você é... Você gosta de cachorros?"
**"Es gibt so einen netten kleinen Hund in der Nähe unseres
Hauses."**
"Há um cãozinho tão agradável perto da nossa casa"
"Ich möchte dir den kleinen Hund zeigen!"
"Gostaria de lhe mostrar o cãozinho!"

"Dieser kleine Hund tötet alle Ratten und...
"Este cãozinho mata todos os ratos e...
»O je!« rief Alice in traurigem Tone
"Oh, querida!", gritou Alice em tom de tristeza
»Ich fürchte, ich habe dich schon wieder beleidigt!«
"Tenho medo de te ofender de novo!"
Die Maus schwamm so schnell sie konnte von ihr weg
o rato estava nadando para longe dela o mais rápido que
podia ir
Und die Maus machte einen ziemlichen Aufruhr im Tümpel
e o rato fez uma grande comoção na piscina
Da rief sie leise der Maus nach
Então ela ligou suavemente atrás do rato
"Meine liebe Maus, komm bitte zurück!"
"Meu querido rato, por favor, volte!"
"Und wir werden nicht über Katzen sprechen"
"E não vamos falar de gatos"
"Und über Hunde müssen wir auch nicht reden"
"E também não temos de falar de cães"
Als die Maus das hörte, drehte sie sich um
Quando o rato ouviu isso, virou-se
Und die kleine Maus schwamm langsam zu ihr zurück
e o ratinho nadou lentamente de volta para ela
Das Gesicht der Maus war ganz blaß
o rosto do rato estava bastante pálido
Und die Maus sprach mit leiser, zitternder Stimme
e o rato falou, com voz baixa e trêmula
"Lasst uns ans Ufer gehen"
"Vamos à costa"
"Und dann erzähle ich dir meine Geschichte"
"e depois vou contar-vos a minha história"
"Und du wirst verstehen, warum ich Katzen und Hunde
hasse"
"e você vai entender por que é que eu odeio cães e gatos"
Es war höchste Zeit zu gehen
Tinha chegado o momento de partir
weil der Pool ziemlich voll wurde

porque a piscina estava ficando bastante lotada
Andere Vögel und Tiere waren in den Pool gefallen
outras aves e animais tinham caído na piscina
es gab eine Ente und einen Dodo
havia um pato e um dodô
und da waren ein Lory-Vogel und ein Adler
e havia um pássaro Lory e um Eaglet
**und es gab noch einige andere interessant aussehende
Kreaturen**
e havia várias outras criaturas de aparência interessante
Alice führte den Weg aus dem Pool
Alice conduziu o caminho para fora da piscina
und die ganze Gesellschaft der Tiere schwamm ans Ufer
e todo o grupo de animais nadou até a praia

Ein Caucus-Rennen und ein langer Schwanz
Uma corrida de caucus e uma cauda longa
Es waren in der Tat ein lustig aussehender Haufen Tiere
Eles eram, de fato, um bando de animais de aparência
engraçada
und sie versammelten sich alle am Ufer des Wassers
e todos se reuniram na margem da água
die Vögel hatten alle zerzauste Federn
todos os pássaros tinham penas arrastadas
und die pelzigen Tiere waren durchnässt
e os animais peludos foram encharcados
und alle waren triefend nass, genervt und unwohl
e todos estavam pingando molhados, irritados e
desconfortáveis

Es gab eine Frage, die zuerst beantwortet werden musste
havia uma pergunta que tinha de ser respondida primeiro
Was ist der beste Weg für alle, um trocken zu werden?
Qual é a melhor maneira de todos ficarem secos?
Sie hatten eine Konsultation zu diesem Thema
Procederam a uma consulta sobre este assunto

Bald waren sie alle auf vertrautem Einvernehmen
logo estavam todos em termos familiares
Es war, als ob sie sie ihr ganzes Leben lang gekannt hätte
era como se os tivesse conhecido toda a vida
Die Maus schien eine Person mit einer gewissen Autorität zu sein
o rato parecia ser uma pessoa de alguma autoridade
"Setzt euch, ihr alle, und hört mir zu!
"Sentem-se, todos vocês, e ouçam-me!
"Ich werde euch bald wieder alle trocken machen!"
"Em breve vou fazer todos vocês secarem de novo!"
Sie setzten sich alle auf einmal in einem großen Ring nieder
Todos se sentaram de uma só vez, num grande anel
Und die kleine Maus saß in der Mitte
e o ratinho sentou-se no meio
"Ähm!" sagte die Maus mit einer wichtigen Miene
"Ahem!", disse o rato com um ar importante
"Seid ihr bereit?"
"Estão todos prontos?"
"Das ist das Trockenste, was ich kenne"
"Esta é a coisa mais seca que conheço"
»Schweigen Sie ringsum, wenn Sie wollen!«
"Silêncio ao redor, se quiser!"
"Wilhelm der Eroberer wurde vom Papst begünstigt"
"Guilherme, o Conquistador, foi favorecido pelo Papa"
"aber er wurde bald von den Engländern unterworfen"
"mas logo foi submetido pelos ingleses"
"Sie wollten in letzter Zeit Führer"
"Queriam líderes dos últimos tempos"
"Und sie waren an Macht und Eroberung gewöhnt"
"e estavam habituados ao poder e à conquista"
"Edwin und Morcar, die Grafen von Mercia und Northumbria"
"Edwin e Morcar, os Condes de Mércia e Nortúmbria"
»Pfui!« sagte der Lori-Vogel mit einem Schauer
"Ugh!", disse o pássaro lori, com um arrepio
"und sogar Stigand, der patriotische Erzbischof von

Canterbury"

"e até mesmo Stigand, o arcebispo patriótico de Cantuária"

"Er fand es auch ratsam"

"Ele também achou aconselhável"

"Was hielt er für ratsam?" fragte die Ente

"O que ele achou aconselhável?", disse o pato

"Er fand es ratsam", antwortete die Maus ziemlich verärgert

"Ele achou aconselhável", respondeu o rato de forma bastante cruzada

aber die Ente war nicht zufrieden

mas o pato não estava satisfeito

"Natürlich weißt du, was 'es' bedeutet"

"Claro, você sabe o que 'isso' significa"

"Ich weiß, was es ist, wenn ich etwas finde," sagte die Ente

"Eu sei o que é 'isso' quando encontro uma coisa", disse o pato

"Es ist in der Regel ein Frosch oder ein Wurm"

"geralmente é um sapo ou um verme"

"Die Frage ist, was hat der Erzbischof gefunden?"

"A questão é: o que o arcebispo encontrou?"

Die Maus bemerkte diese Frage nicht

O rato não reparou nesta pergunta

Stattdessen fuhr die Maus hastig mit der Rede fort

Em vez disso, o rato prosseguiu apressadamente com o discurso

"Er fand es ratsam, mit Edgar Atheling zu gehen"

"achou aconselhável ir com Edgar Atheling"

"um William zu treffen und ihm die Krone anzubieten"

"encontrar-se com Guilherme e oferecer-lhe a coroa"

fuhr die Maus fort und wandte sich dabei an Alice

o rato continuou, virando-se para Alice enquanto falava

»Wie geht es dir jetzt, meine Liebe?«

"Como você está se saindo agora, meu caro?"

»So naß wie immer,« sagte Alice in melancholischem Tone

"Tão molhada como sempre", disse Alice em tom melancólico

"Diese Geschichte scheint mich überhaupt nicht auszutrocknen"

"Esta história não me parece secar de todo"

»In diesem Falle,« sagte der Dodo feierlich und erhob sich
— Nesse caso — disse solenemente o dodô, erguendo-se de pé
"Ich stimme dafür, dass die Sitzung vertagt wird"
"Voto pelo adiamento da reunião"
"und ich schlage vor, sofort energischere Heilmittel zu
ergreifen"
"e proponho a adoção imediata de remédios mais enérgicos"
"Sprich wahre Worte!" sagte der Adler
"Fale palavras verdadeiras!", disse a águia
"Ich weiß nicht, was die Hälfte dieser langen Worte
bedeutet"
"Não sei o significado de metade dessas palavras longas"
»und außerdem glaube ich nicht, daß Sie es wissen!«
"e, além disso, eu não acredito que você também saiba!"
»Was ich sagen wollte«, sagte der Dodo in beleidigtem Ton
"O que eu ia dizer", disse o dodô em tom ofendido
"Das Beste, was uns trocken kriegt, wäre ein Caucus-
Rennen"
"A melhor coisa para nos secar seria uma corrida de caucus"
»Was ist ein Caucus-Rennen?« fragte Alice
"O que é uma corrida de caucus?", perguntou Alice

"Nun", sagte der Dodo, "der beste Weg, es zu erklären, ist, es
zu tun."
"Bem", disse o dodô, "a melhor maneira de explicar é fazê-lo"
"Zuerst steckte der Dodo eine Rennbahn ab"
"Primeiro o dodô marcou um autódromo"
"Die Strecke verlief in einer Art Kreis"
"a pista estava numa espécie de círculo"
"Und dann wurde die ganze Gesellschaft entlang der Strecke
platziert"
"e depois toda a festa foi colocada ao longo do percurso"
Es gab kein "Eins, zwei, drei und weg!"
Não havia "Um, dois, três e longe!"
aber sie fingen an zu rennen, wann sie wollten
mas começaram a correr quando gostavam
Und sie beendeten auch, wenn sie wollten
e também terminaram quando gostaram
Es war also nicht einfach zu wissen, wann das Rennen
vorbei war
Por isso, não foi fácil saber quando a corrida terminou
Nach etwa einer halben Stunde Laufen waren sie alle
ziemlich trocken
depois de meia hora ou mais de corrida, estavam todos
bastante secos
der Dodo rief plötzlich: "Das Rennen ist vorbei!"
o dodô de repente gritou: "A corrida acabou!"
Und sie drängten sich alle um den Dodo
e todos eles se aglomeraram ao redor do dodô
Alle Tiere hechelten und schnauften
Todos os animais estavam ofegantes e inchados
und sie alle wollten wissen: "Aber wer hat gewonnen?"
e todos queriam saber: "Mas quem ganhou?"
Diese Frage konnte der Dodo nicht sofort beantworten
Esta pergunta o dodô não poderia responder imediatamente
Zuerst musste er sehr viel nachdenken
Primeiro ele teve que pensar muito
Nach langem Nachdenken sprach der Dodo schließlich
Depois de muito pensar, o dodô finalmente falou

"Jeder hat gewonnen, und jeder muss Preise haben"
"Toda a gente ganhou e todos devem ter prémios"
»Aber wer soll die Preise geben?« fragte ein Chor von
Stimmen
"Mas quem vai dar os prémios?", perguntou um coro de vozes
"Nun, sie natürlich", sagte der Dodo
"Bem, ela, claro", disse o dodô
und der Dodo deutete mit einem Finger auf Alice
e o dodô apontou com um dedo para Alice
und die ganze Gesellschaft von Tieren drängte sich um sie
e toda a festa de animais amontoados ao seu redor
sie riefen verwirrt: »Preise! Preise!"
gritaram, de forma confusa: "Prémios! Prémios!"
Alice hatte keine Ahnung, was sie tun sollte
Alice não fazia ideia do que fazer
Verzweifelt steckte sie die Hand in die Tasche
Desesperada, meteu a mão no bolso
Und sie zog eine Schachtel mit Süßigkeiten hervor
e puxou uma caixa de doces
Glücklicherweise war das Salzwasser nicht in den Kasten
gelangt
Felizmente a água salgada não tinha entrado na caixa
Und sie reichte die Süßigkeiten als Preise herum
e entregou os doces como prémios
Es gab genau ein Stück für jeden
Havia exatamente uma peça para todos
Das nächste, was sie tun mussten, war, die Süßigkeiten zu
essen
A próxima coisa que tinham de fazer era comer os doces
Dies verursachte einige Geräusche und Verwirrung
Isso causou algum barulho e confusão
Die großen Vögel klagten, dass sie ihre Süßigkeiten nicht
schmecken konnten
as aves de grande porte queixavam-se de não poderem provar
os seus doces
Die Kleinen verschluckten sich und mussten auf den
Rücken geklopft werden

os pequenos engasgaram e tiveram de ser acariciados nas
costas
Doch dann war es endlich vorbei
No entanto, finalmente acabou
Und sie setzten sich wieder in einem Ring nieder
e voltaram a sentar-se num ringue
Und sie flehten die Maus an, ihnen noch etwas zu erzählen
e imploraram ao rato que lhes dissesse algo mais
**»Du hast versprochen, mir deine Geschichte zu erzählen,
weißt du,« sagte Alice**
"Você prometeu me contar sua história, você sabe", disse Alice
**und sie machte noch eine kleine Bemerkung über Katzen im
Flüsterton**
e ela fez outro pequeno comentário sobre gatos em um
sussurro
Sie wollte die Maus nicht noch einmal beleidigen
ela não queria ofender o rato novamente
die kleine Maus drehte sich zu Alice um und seufzte
o ratinho virou-se para Alice e suspirou
"Meine Geschichte ist lang und traurig!"
"O meu é um conto longo e triste!"
»Es ist gewiß ein langer Schwanz,« sagte Alice
"É uma cauda longa, certamente", disse Alice
**Und sie blickte verwundert auf den Schwanz der Maus
hinunter**
e ela olhou para baixo com admiração para a cauda do rato
"Aber warum nennst du es einen traurigen Schwanz?"
"Mas por que você chama isso de rabo triste?"
Und sie rätselte unaufhörlich, während die Maus sprach
E ela continuou intrigada sobre isso enquanto o rato falava
**so daß ihre Vorstellung von der Geschichte ungefähr so
aussah**
de modo que sua ideia do conto era algo assim

"Fury said to
a mouse, That
he met in the
house, 'Let
us both go
to law: *I*
will prosecute
you.—
Come, I'll
take no denial:
We must have
the trial;
For really
this morning
I've
nothing
to do.'
Said the
mouse to
the cur,
'Such a
trial, dear
sir, With
no jury
or judge,
would
be wasting
our
breath.'
'I'll be
judge,
I'll be
jury,'
said
cunning
old
Fury;
'I'll
try
the
whole
cause,
and
condemn
you to
death.'"

Fury sagte zu einer Maus, die er im Haus getroffen hat."
Fúria disse a um rato, Que ele se encontrou na casa"
Lasst uns beide vor Gericht gehen: Ich werde euch anklagen
Vamos ambos à justiça: vou processá-los
Kommen Sie, ich leugne es nicht: Wir müssen den Prozeß haben
Venha, não vou negar: temos de ter o julgamento
Denn heute morgen habe ich wirklich nichts zu tun
Porque realmente esta manhã eu não tenho nada para fazer
Sagte die Maus zum Pfarrer;
Disse o rato ao curativo;

Ein solcher Prozeß, lieber Herr, ohne Geschworene und Richter, würde uns den Atem rauben

Tal julgamento, caro senhor, sem júri ou juiz, estaria a desperdiçar-nos o fôlego

»Ich werde Richter sein, ich werde Geschworener sein«, sagte der schlaue alte Fury

"Vou ser juiz, vou ser jurado", disse o velho Fúria

Ich werde die ganze Sache prüfen und dich zum Tode verurteilen

Vou tentar toda a causa e condená-lo à morte

die Maus sprach streng zu Alice

o rato falou severamente com Alice

"Du passt nicht auf!"

"Você não está prestando atenção!"

"Woran denkst du?"

"O que você está pensando?"

»Ich bitte um Verzeihung,« sagte Alice sehr demütig

— Peço perdão — disse Alice muito humildemente

»Sie waren in der fünften Kurve angelangt, glaube ich?«

"você tinha chegado à quinta curva, eu acho?"

"Du beleidigst mich, indem du so einen Unsinn redest!"

"Você me insulta falando essas bobagens!"

Und die Maus stand auf und ging weg

e o rato levantou-se e afastou-se

Alice rief der kleinen Maus hinterher

Alice chamou por causa do ratinho

"Bitte komm zurück und beende deine Geschichte!"

"Por favor, volte e termine sua história!"

Und die andern stimmten alle in den Chor ein

E os outros juntaram-se todos em coro

"Ja, bitte beenden Sie Ihre Geschichte!"

"Sim, por favor, termine a sua história!"

Aber die Maus schüttelte nur ungeduldig den Kopf

Mas o rato apenas balançou a cabeça impacientemente

Und die kleine Maus ging ein wenig schneller

e o ratinho andava um pouco mais depressa

"Ich wünschte, ich hätte Dinah, unsere Katze, hier!" sagte

Alice
"Quem me dera ter a Dinah, a nossa gata, aqui!", disse Alice
Dies erregte in der Partei ein bemerkenswertes Aufsehen
Isso causou uma sensação notável entre o partido
Einige der Vögel eilten sofort davon
Alguns dos pássaros saíram apressados de uma só vez
**und ein Kanarienvogel rief mit zitternder Stimme seinen
Kindern zu;**
e um Canário gritou, com voz trêmula, aos seus filhos;
»Kommt fort, meine Lieben!«
"Vá embora, meus queridos!"
"Es ist höchste Zeit, dass ihr alle im Bett seid!"
"Está na hora de vocês estarem todos na cama!"
Mit verschiedenen Ausreden gingen sie alle weg
com várias desculpas, todos foram embora
und Alice war bald allein
e Alice logo foi deixada sozinha
"Ich wünschte, ich hätte Dina nicht erwähnt!"
"Eu gostaria de não ter mencionado Dinah!"
"Niemand scheint sie hier unten zu mögen"
"Ninguém parece gostar dela aqui em baixo"
**"Aber ich bin mir sicher, dass sie die beste Katze von der
Welt ist!"**
"mas tenho certeza que ela é a melhor gata do mundo!"
Die arme Alice fing wieder an zu weinen
A pobre Alice voltou a chorar
weil sie sich sehr einsam und niedergeschlagen fühlte
porque se sentia muito solitária e desanimada
Nach einer Weile aber hörte sie wieder etwas
Em pouco tempo, no entanto, ela voltou a ouvir algo
ein leises Getrappel von Schritten in der Ferne
um pequeno respingo de passos ao longe
und sie blickte eifrig auf
e ela olhou ansiosamente

Der Hase schickt den kleinen Mr. Bill herein
O coelho manda o pequeno Sr. Bill

Es war das weiße Kaninchen, das langsam wieder zurücktrabte
Era o coelho branco, trotando lentamente de volta novamente
Er sah sich ängstlich um, während er ging
Ele olhava ansioso enquanto ia
Er sah aus, als hätte er etwas verloren
parecia ter perdido alguma coisa
Alice hörte, wie er vor sich hin murmelte
Alice ouviu-o murmurar para si mesmo
»Die Herzogin! Die Herzogin! Oh, meine lieben Pfoten!"
"A Duquesa! A Duquesa! Oh, minhas queridas patas!"
"Oh, mein Fell und meine Schnurrhaare!"
"Oh, meu pelo e bigodes!"
"Sie wird mich hinrichten lassen, da bin ich mir sicher"
"Ela vai me executar, tenho certeza disso"
"Genauso sicher, wie Frettchen Frettchen sind!"
"Tão certo como os furões são furões!"
"Wo kann ich meine Sachen abgestellt haben, frage ich mich?"
"Onde posso ter largado as minhas coisas, pergunto-me?"
Alice erriet in einem Augenblick, was er suchte
Alice adivinhou num instante o que ele procurava
Er war auf der Suche nach dem Federfächer
ele estava procurando o fã de penas
Und er suchte nach dem Paar weißer Handschuhe

e procurava o par de luvas brancas
So machte sie sich sehr gutmütig auf die Suche nach den Handschuhen
então ela muito bem-humorada começou a procurar as luvas
Und sie suchte auch nach dem Federfächer
e ela procurou o fã de penas também
Aber die Handschuhe und der Federfächer waren nirgends zu sehen
mas as luvas e o ventilador de penas não eram vistos em lugar nenhum
Alles schien sich verändert zu haben, seit sie im Pool geschwommen war
Tudo parecia ter mudado desde o seu mergulho na piscina
Nichts war mehr so, wie es war, seit sie in der Großen Halle gewesen war
Nada era igual desde que ela estava no Grande Salão
und der Glastisch war verschwunden
e a mesa de vidro tinha desaparecido
Und die kleine Tür war auch nicht da
e a pequena porta também não estava lá
Sehr bald bemerkte das Kaninchen Alice
Logo o coelho notou Alice
rief er ihr in zornigem Ton zu
chamou-a em tom de raiva
"Mary Ann, was machst du hier draußen?"
"Mary Ann, o que você está fazendo aqui fora?"
"Lauf in diesem Moment nach Hause"
"Corra para casa neste momento"
"Und hol mir ein Paar Handschuhe und einen Federfächer!"
"E me busque um par de luvas e um ventilador de penas!"
"Und beeil dich!"
"E seja rápido sobre isso!"
Alice sprach mit sich selbst, als sie davonrannte
Alice falou consigo mesma enquanto fugia
"Er muss mich für sein Hausmädchen gehalten haben!"
"Ele deve ter me confundido com sua empregada doméstica!"
"Wie überrascht wird er sein, wenn er herausfindet, wer ich

bin!"

"Como ele ficará surpreso quando descobrir quem eu sou!"

Während sie dies sagte, stieß sie auf ein hübsches Häuschen

Ao dizer isso, deparou-se com uma casinha arrumada

An der Tür des Hauses hing eine helle Messingplatte

Na porta da casa havia uma placa de latão brilhante

"W. HASE"

"W. COELHO"

Sie trat ein, ohne an die Tür zu klopfen

Ela entrou sem bater na porta

und sie eilte geradewegs die Treppe hinauf

e ela correu direto para o andar de cima

sie machte sich Sorgen, dass sie die echte Mary Ann treffen könnte

ela temia conhecer a verdadeira Mary Ann

denn dann würde sie aus dem Haus gejagt werden

porque então ela seria expulsa de casa

Und sie würde den Federfächer und die Handschuhe nicht finden können

e ela não seria capaz de encontrar o ventilador de penas e luvas

Alice hatte den Weg in ein aufgeräumtes Kämmerlein gefunden

Alice tinha encontrado o caminho para um quartinho arrumado

Im Zimmer stand ein Tisch am Fenster

na sala havia uma mesa junto à janela

und auf dem Tisch stand ein Federfächer

e sobre a mesa estava um fã de penas

Und da waren zwei oder drei Paar winzige weiße Handschuhe

e havia dois ou três pares de pequenas luvas brancas

Sie hob den Federfächer und ein Paar Handschuhe auf

Ela pegou o ventilador de penas e um par de luvas

und sie war eben im Begriff, das Zimmer zu verlassen

e ela estava prestes a sair da sala

Aber dann fiel ihr Blick auf ein Fläschchen

mas então seus olhos caíram sobre uma garrafinha
Sie entkorkte die Flasche und führte sie an ihre Lippen
Ela descortinou a garrafa e colocou-a nos lábios
"Ich hoffe, dass ich dadurch wieder groß werde"
"Espero que me faça crescer de novo"
"Ich bin es leid, so ein winziges Ding zu sein!"
"Estou cansada de ser uma coisinha tão pequena!"
Alice hatte kaum die halbe Flasche getrunken
Alice mal tinha bebido metade da garrafa
Ihr Kopf drückte bereits gegen die Decke
sua cabeça já estava pressionando contra o teto
und sie musste sich bücken
e ela teve que se inclinar para baixo
um ihr das Genick vor dem Genickbruch zu bewahren
para salvar seu pescoço de ser quebrado
Hastig stellte sie die Flasche ab
Ela apressadamente abaixou a garrafa
"Das reicht"
"Já chega"
"Ich hoffe, ich wachse nicht mehr"
"Espero não crescer mais"
Leider! Es war zu spät, das zu wünschen!
Infelizmente! Era tarde demais para desejar isso!
Sie wuchs und wuchs weiter
Ela continuou crescendo e crescendo
und sehr bald musste sie sich auf den Boden knien
e logo teve que se ajoelhar no chão
und selbst dann wuchs sie weiter
e mesmo assim ela continuou crescendo
Als letztes Mittel streckte sie einen Arm aus dem Fenster
Como último recurso, ela colocou um braço para fora da janela
und sie setzte einen Fuß auf den Schornstein
e pôs um pé na chaminé
"Jetzt kann ich nicht mehr, was auch immer passiert"
"Agora não posso fazer mais, aconteça o que acontecer"
»Was wird aus mir?«
"O que será de mim?"

Alice hatte Glück
Alice teve um lugar de sorte
Das kleine Zauberfläschchen hatte seine volle Wirkung entfaltet
a pequena garrafa mágica tinha tido todo o seu efeito
und Alice wurde nicht größer, als sie war
e Alice não cresceu mais do que era
Nach ein paar Minuten hörte sie draußen eine Stimme
Depois de alguns minutos, ela ouviu uma voz do lado de fora
Und sie blieb stehen, um der Stimme zu lauschen
e parou para ouvir a voz
»Mary Ann! Mary Ann!« sagte die Stimme
"Maria Ana! Mary Ann!", disse a voz
"Hol mir gleich meine Handschuhe!"
"Busca-me as luvas neste momento!"
Dann ertönte ein leises Getrappel von Füßen auf der Treppe
Depois veio um pequeno bater de pés nas escadas
Alice wusste, dass es das Kaninchen war, das kam, um sie zu suchen
Alice sabia que era o coelho que vinha procurá-la
und sie zitterte, bis sie das Haus erschütterte
e ela tremeu até sacudir a casa

Sie vergaß ganz, welche Proportionen sie hatte
esqueceu-se completamente das suas proporções
Sie war tausendmal so groß wie das Kaninchen
ela era mil vezes maior que o coelho
und sie hatte keinen Grund, sich vor einem Kaninchen zu fürchten
e ela não tinha motivos para ter medo de um coelho
Bald kam das Kaninchen an die Tür heran
Presentemente, o coelho veio até a porta
Und das kleine Kaninchen versuchte, die Tür zu öffnen
e o coelhinho tentou abrir a porta
Die Tür begann sich nach innen zu öffnen
A porta começou a abrir-se para dentro
aber Alices Ellbogen wurde hart gegen die Tür gedrückt
mas o cotovelo de Alice foi pressionado com força contra a porta
Dieser Versuch erwies sich als Fehlschlag
Essa tentativa revelou-se um fracasso
Alice hörte, wie das Kaninchen mit sich selbst sprach
Alice ouviu o coelho falar consigo mesmo
"Dann gehe ich herum und steige durch das Fenster ein"
"Depois dou a volta e entro pela janela"
"Das wirst du nicht!" dachte Alice
"Que você não vai!", pensou Alice
und sie wartete wieder ein wenig
e ela esperou um pouco novamente
Bald hörte sie das Kaninchen gerade unter dem Fenster
Logo ela ouviu o coelho logo abaixo da janela
Plötzlich streckte sie ihre Hand aus
De repente, estendeu a mão
Und sie machte einen Sprung in die Luft
e ela fez um arrebatamento no ar
Sie bekam nichts in die Finger
Ela não se apoderou de nada
aber sie hörte einen kleinen Schrei und einen Sturz
mas ouviu um pequeno grito e uma queda
und sie hörte ein Krachen von zerbrochenem Glas

e ela ouviu uma queda de vidro quebrado
Vielleicht war das Kaninchen gefallen
talvez o coelho tivesse caído
Vielleicht war er in einem Gewächshaus
talvez ele estivesse em uma casa verde
Dann ertönte eine zornige Stimme; Die Stimme des Kaninchens
Em seguida, veio uma voz irritada; A voz do coelho
"Pat, wo bist du?"
"Pat, onde você está?"
Und dann ertönte eine Stimme, die sie noch nie zuvor gehört hatte
E então veio uma voz que ela nunca tinha ouvido antes
"Euer Ehren, ich bin hier!"
"Vossa honra, estou aqui!"
"Ich grabe nach Äpfeln"
"Estou a cavar maçãs"
»Hier! Komm und hilf mir da raus!"
"Aqui! Venha me ajudar a sair dessa!"
»Nun sag mir, Pat, was ist das da im Fenster?«
"Agora me diga, Pat, o que é isso na janela?"
"Sicher, Euer Ehren, ich werde es Ihnen sagen"
"Claro, sua honra, eu lhe direi"
"Das ist ein Arm, der im Fenster steckt!"
"É um braço que está na janela!"
"Na ja, da hat ein Arm nichts zu suchen"
"Bem, um braço não tem nada a ver com isso"
"Geh und nimm den Arm weg!"
"Vá e tire o braço!"
Hierauf trat ein langes Schweigen ein
Houve um longo silêncio depois disso
und Alice konnte nur ab und zu ein Flüstern hören
e Alice só podia ouvir sussurros de vez em quando
und endlich streckte sie die Hand wieder aus
e, finalmente, estendeu novamente a mão
Und sie machte einen weiteren Sprung in die Luft
e ela fez outro arrebatamento no ar

Diesmal gab es zwei kleine Schreie
Desta vez, houve dois pequenos gritos
und es gab noch mehr Geräusche von zerbrochenem Glas
e havia mais sons de vidros quebrados
"Ich möchte wohl wissen, was sie nun tun werden!" dachte Alice
"Eu me pergunto o que eles vão fazer a seguir!", pensou Alice
"Ich wünschte, sie würden mich aus dem Fenster ziehen"
"Quem me dera que me puxassem pela janela"
Sie wartete eine Weile
Ela esperou por algum tempo
aber eine Weile hörte sie nichts mehr
mas por um tempo ela não ouviu mais nada
Endlich ertönte das Rumpeln kleiner Rädchen
Por fim, veio um estrondo de pequenas rodas
Und da ertönten viele Stimmen
e lá veio o som de um bom número de vozes
Alle Stimmen sprachen miteinander
todas as vozes falavam juntas
Sie konnte einige der Worte verstehen
Ela conseguia perceber algumas das palavras
"Wo ist die andere Leiter?"
"Onde está a outra escada?"
"Bill hat die andere Leiter"
"Bill tem a outra escada"
"Bill, komm her!"
"Bill, venha aqui!"
"Wird das Dach die Last tragen?"
"Será que o telhado vai suportar a carga?"
"Wer will schon den Schornstein hinuntergehen?"
"Quem quer descer a chaminé?"
»Nein, das werde ich nicht! Du machst es!"
"Não, não vou! Você faz isso!"
»Hier, Bill!«
"Aqui, Bill!"
"Der Meister sagt, du musst in den Schornstein hinunter!"
"O mestre diz que você tem que descer a chaminé!"

Alice zog ihren Fuß so weit den Schornstein hinab, wie sie konnte

Alice puxou o pé o mais longe que pôde pela chaminé

Und dann wartete sie, was kommen würde

e então ela esperou para ver o que estava por vir

Sie hörte ein kleines Tier kratzen und krabbeln

Ela ouviu um bichinho arranhando e mexendo

Das Tierchen muss sich im Schornstein befinden

o animalzinho deve estar na chaminé

dann gab sie einen scharfen Tritt

Em seguida, ela deu um chute forte

Und sie wartete ab, was als nächstes geschehen würde

e esperou para ver o que aconteceria a seguir

Sie hörte einen allgemeinen Chor von Stimmen

Ela ouviu um coro geral de vozes

"Da geht Bill!", sagten alle

"Lá vai Bill!", disseram todos

Dann hörte sie allein die Stimme des Kaninchens

depois ouviu sozinha a voz do coelho

"Du an der Hecke, fang ihn!"

"Você pela sebe, pegue-o!"

Es trat wieder ein Augenblick des Schweigens ein

Houve mais um momento de silêncio

Und dann gab es wieder ein Stimmengewirr

e depois houve outra confusão de vozes

"Halt seinen Kopf hoch, Brandy"

"Levanta a cabeça, Brandy"

"Pass auf, dass du ihn nicht würgst"

"cuidado para não sufocá-lo"

"Was ist mit dir passiert?"

"O que aconteceu com você?"

Zuletzt kam eine kleine, schwache, quietschende Stimme

Por último, veio uma voz um pouco fraca e estridente

"Nun, ich weiß es kaum mehr"

"Bem, quase não sei mais"

"Danke euch allen, mir geht es jetzt besser"

"obrigado a todos, estou melhor agora"

"Es gibt eine Sache, an die ich mich erinnern kann"
"há uma coisa de que me lembro"
"Irgendetwas kommt auf mich zu wie ein Zug im Tunnel"
"algo me vem como um comboio num túnel"
"Und ich fliege hoch wie eine Rakete!"
"e lá em cima eu voo como um foguete!"
Es gab ein oder zwei Minuten des Schweigens
Houve um ou dois minutos de silêncio
Und dann fingen sie wieder an, sich zu bewegen
e então eles começaram a se mover novamente
und Alice hörte das Kaninchen wieder sprechen
e Alice ouviu o Coelho falar novamente
"Ein Karren voll reicht für den Anfang"
"Um barrowful vai fazer, para começar"
"Einen Karren voll wovon?" dachte Alice
"Um barrowful de quê?", pensou Alice
Aber sie wurde nicht lange in Atem gehalten
Mas ela não foi mantida em suspense por muito tempo
Ein Regen von kleinen Kieselsteinen drang durch das Fenster
Uma chuva de pequenos seixos veio pela janela
und einige der kleinen Kieselsteine trafen sie im Gesicht
e alguns dos pequenos seixos atingiram-na na cara
Alice wunderte sich über die kleinen Kieselsteine
Alice ficou surpreendida com os pequenos seixos
all die kleinen Kieselsteine verwandelten sich in Kuchen
todos os pequenos seixos estavam se transformando em bolos
und eine glänzende Idee kam ihr in den Kopf
e uma ideia brilhante lhe veio à cabeça
"Einen von diesen Kuchen sollte ich essen"
"Devia comer um destes bolos"
"Der Kuchen wird sicher etwas an meiner Größe ändern"
"bolo com certeza vai fazer alguma mudança no meu tamanho"
Also schluckte sie einen der Kuchen
Então ela engoliu um dos bolos
und sie freute sich, als sie feststellte, dass sie anfing zu

schrumpfen

e ficou encantada ao descobrir que começou a encolher

Bald war sie klein genug, um durch die Tür zu kommen

Logo ela era pequena o suficiente para passar pela porta

Sie rannte aus dem Haus

ela saiu correndo de casa

Draußen wartete eine Menge kleiner Tiere und Vögel

uma multidão de pequenos animais e pássaros esperava do lado de fora

alle kleinen Vögel und Tiere stürzten sich auf Alice

todos os passarinhos e animais correram para Alice

aber sie rannte davon, so schnell sie konnte

mas ela fugiu o mais rápido que pôde

und bald fand sie sich sicher in einem dichten Walde

e logo ela se viu segura em uma madeira grossa

Alice irrte im Walde umher

Alice vagava pela floresta

Und sie dachte bei sich:

e pensou consigo mesma:

"Ich weiß, was ich zuerst zu tun habe"

"Sei o que tenho de fazer primeiro"

"erst muss ich wieder auf meine richtige Größe wachsen"

"primeiro eu tenho que crescer para o meu tamanho certo novamente"

"Und dann muss ich den Weg in diesen schönen Garten finden"

"e então eu tenho que encontrar o meu caminho para aquele lindo jardim"

"Ich glaube, ich sollte irgendetwas essen oder trinken"

"Suponho que devo comer ou beber uma coisa ou outra"

"Aber die Frage ist, was soll ich essen oder trinken?"

"mas a questão é: o que devo comer ou beber?"

Alice blickte sich um und betrachtete die Blumen

Alice olhou à sua volta para as flores

Und sie schaute durch die Grashalme hindurch

e ela olhou através das lâminas de grama

aber sie konnte nichts zu essen und zu trinken sehen

mas ela não conseguia ver nada para comer ou beber
Nichts sah nach dem Richtigen zum Essen oder Trinken aus
nada parecia a coisa certa para comer ou beber
In ihrer Nähe wuchs ein großer Pilz
Havia um grande cogumelo crescendo perto dela
der Pilz war ungefähr so groß wie Alice
o cogumelo tinha aproximadamente a mesma altura que Alice
Sie streckte sich auf den Zehenspitzen auf
Ela se esticou na ponta dos pés
Und sie guckte über den Rand des Pilzes
e ela espiou sobre a borda do cogumelo
Ihre Augen trafen sofort die Augen einer großen blauen Raupe
seus olhos imediatamente encontraram os olhos de uma grande lagarta azul
Die Raupe saß auf der Spitze des Pilzes
A lagarta estava sentada no topo do cogumelo
und die Raupe hatte alle Arme gekreuzt
e a lagarta cruzara todos os braços
Und er rauchte leise eine lange Wasserpfeife
e ele estava silenciosamente fumando um longo narguilé
und er nahm nicht die geringste Notiz von irgendetwas
e não tomou a menor nota de nada
und er achtete gewiß nicht auf Alice
e ele certamente não prestou atenção em Alice

Ratschläge von einer Raupe

Conselhos de uma lagarta

Endlich nahm die Raupe die Shisha aus dem Maul

Por fim, a lagarta tirou o narguilé da boca

und er redete Alice mit einer trägen, schläfrigen Stimme an

e dirigiu-se a Alice com uma voz lânguida e sonolenta

"Wer bist du?" fragte die Raupe

"Quem é você?", disse a lagarta

Alice antwortete etwas schüchtern: "Ich weiß es kaum, Sir."

Alice respondeu, bastante tímida: "Mal sei, senhor"

"Gerade im Moment ist alles ein bisschen..."

"Só no momento é tudo um pouco..."

"Ich weiß, wer ich war, als ich heute Morgen aufgestanden bin."

"Eu sei quem eu era quando me levantei esta manhã""

"aber ich glaube, ich muss mich seitdem mehrmals verändert haben"

"mas acho que devo ter mudado várias vezes desde então"

"Was meinst du damit?" sagte die Raupe

"O que você quer dizer com isso?", disse a lagarta

Streng forderte die Raupe sie auf, sich zu erklären
severamente, a lagarta pediu-lhe que se explicasse
»Ich kann mich nicht erklären, fürchte ich, Sir«, sagte Alice
"Não consigo me explicar, tenho medo, senhor", disse Alice
"weil ich nicht ich selbst bin"
"porque eu não sou eu mesmo"
"Du siehst, es ist sehr verwirrend, so viele verschiedene
Größen an einem Tag zu haben"
"Você vê, ser tantos tamanhos diferentes em um dia é muito
confuso"
Sie raffte sich auf und sagte sehr ernst:
Ela levantou-se e disse muito gravemente:
"Ich denke, du solltest mir zuerst sagen, wer du bist"
"Eu acho que você deveria me dizer quem você é, primeiro"
"Warum?" fragte die Raupe
"Por quê?", disse a lagarta
Alice fiel kein guter Grund ein
Alice não conseguia pensar em nenhuma boa razão
und die Raupe schien sich in einem sehr unangenehmen
Gemütszustand zu befinden
e a lagarta parecia estar em um estado de espírito muito
desagradável
also wandte sie sich ab
Então ela se afastou
"Komm zurück!" rief ihr die Raupe nach
"Voltem!", a lagarta chamou por ela
"Ich habe etwas Wichtiges zu sagen!"
"Tenho algo importante a dizer!"
Alice drehte sich um und kam wieder zurück
Alice virou-se e voltou novamente
"Behalte die Fassung!" sagte die Raupe
— Mantenha a calma — disse a lagarta
»Ist das alles?« fragte Alice
"Isso é tudo?", perguntou Alice
und sie schluckte ihren Zorn hinunter, so gut sie konnte
e ela engoliu sua raiva o melhor que pôde
"Nein!" sagte die Raupe

"Não", disse a lagarta
Die Raupe breitete ihre Arme aus
A lagarta desdobrou os braços
Und er nahm die Shisha wieder aus dem Mund
e tirou o narguilé da boca novamente
Und er sagte: "Du glaubst also, du bist verändert, oder?"
e ele disse: "Então você acha que está mudado, não é?"
»Ich fürchte, ich bin verändert, Sir,« sagte Alice
"Tenho medo, estou mudada, senhor", disse Alice
"Ich kann mich nicht mehr so an Dinge erinnern, wie ich sie früher in Erinnerung hatte"
"Não me lembro das coisas como costumava lembrar-me delas"
"Und ich bleibe nicht länger als zehn Minuten gleich groß!"
"e eu não fico do mesmo tamanho por mais de dez minutos!"
"Wie groß willst du sein?" fragte die Raupe
"Que tamanho você quer ter?", perguntou a lagarta
»Oh, es ist mir nicht besonders wichtig, wie groß ich bin«, erwiderte Alice hastig
"Oh, eu particularmente não me importo com o tamanho que eu sou", Alice respondeu apressadamente
"Ich mag es einfach nicht, so oft die Größe zu wechseln, weißt du"
"Eu simplesmente não gosto de mudar de tamanho com tanta frequência, sabe"
"Ich würde gerne etwas größer sein, Sir"
"Gostaria de ser um pouco maior, senhor"
»wenn es dir nichts ausmacht,« fügte Alice hinzu
"Se você não se importasse", acrescentou Alice
"Zehn Zentimeter sind so eine erbärmliche Größe"
"dez centímetros é uma altura tão miserável"
"Das ist wirklich eine sehr gute Höhe!" sagte die Raupe ärgerlich
"É uma altura muito boa mesmo!", disse a lagarta irritada
und er richtete sich auf, während er sprach
e ergueu-se ereto enquanto falava
Er war genau zehn Zentimeter groß

ele tinha exatamente dez centímetros de altura
In ein oder zwei Minuten war die Raupe vom Pilz heruntergekommen
Em um ou dois minutos, a lagarta desceu do cogumelo
und er kroch ins Gras
e rastejou para a relva
Als er sich entfernte, machte er einige kleine Bemerkungen
Quando foi embora, fez algumas pequenas observações
"Eine Seite lässt dich größer werden"
"Um lado vai fazer você crescer mais alto"
"Und die andere Seite wird dich kleiner werden lassen"
"e o outro lado vai fazer você ficar mais curto"
"Eine Seite wovon?" dachte Alice bei sich
"Um lado de quê?", pensou Alice para si mesma
"Die andere Seite von was?"
"O outro lado de quê?"
"Die Seite des Pilzes!" sagte die Raupe
— O lado do cogumelo — disse a lagarta
Es war, als hätte sie ihre Frage laut gestellt
era como se ela tivesse feito a pergunta em voz alta
und im nächsten Augenblick war er außer Sichtweite
e em outro momento, ele estava fora de vista
Alice blieb stehen und betrachtete den Pilz nachdenklich
Alice ficou a olhar pensativa para o cogumelo
Sie versuchte herauszufinden, welche die beiden Seiten des Pilzes waren
ela estava tentando descobrir quais eram os dois lados do cogumelo
Endlich streckte sie ihre Arme um den Pilz
Por fim, estendeu os braços em torno do cogumelo
und sie brach ein Stück der Ränder ab
e ela quebrou um pouco as arestas
»Und nun, welche Seite ist welche?« fragte sie sich
"E agora, de que lado é qual?", ela disse para si mesma
und sie knabberte ein wenig von dem Stück der rechten Hand
e ela mordiscou um pouco da mão direita

**Im nächsten Augenblick spürte sie einen heftigen Schlag
unter ihrem Kinn**

No momento seguinte, sentiu um golpe violento debaixo do
queixo

Ihr Kinn hatte ihren Fuß getroffen!

o queixo tinha batido no pé!

**Sie war sehr erschrocken über diese sehr plötzliche
Veränderung**

Ela ficou muito assustada com essa mudança muito repentina

Sie schrumpfte sehr schnell

Ela estava encolhendo muito rapidamente

Also aß sie schnell etwas von dem anderen Stück Pilz

então ela rapidamente comeu um pouco do outro pedaço de
cogumelo

Ihr Kinn war sehr eng gegen ihren Fuß gepresst

O queixo foi pressionado muito contra o pé

Es war kaum Platz, um den Mund aufzumachen

mal havia espaço para abrir a boca

aber schließlich gelang es ihr, den Mund aufzumachen

mas ela finalmente conseguiu abrir a boca

und sie schluckte einen Bissen von dem linken Stück

e ela engoliu um pedaço da mão esquerda

»mein Kopf ist endlich frei!« sagte Alice

"Minha cabeça finalmente foi libertada!", disse Alice

Sie blickte an sich herunter

Ela olhou para si mesma

aber alles, was sie sehen konnte, war ein ungeheurer Hals

mas tudo o que ela podia ver era um imenso comprimento de
pescoço

Ihr Hals schien sich wie ein Stiel zu erheben

seu pescoço parecia erguer-se como um talo

Und sie blickte auf ein Meer von grünen Blättern hinab

e ela olhou para baixo sobre um mar de folhas verdes

"Wo sind meine Schultern geblieben?"

"Onde é que os meus ombros chegaram?"

**»Und ach, meine armen Hände, wie kommt es, daß ich euch
nicht sehen kann?«**

"E oh, minhas pobres mãos, como é que eu não posso vê-lo?"
Aber ihr Hals hatte einen Vorteil
Mas seu pescoço tinha um benefício
Sie konnte ihren Kopf in jede Richtung bewegen
ela podia mover a cabeça em qualquer direção
Tatsächlich war sie wie eine Schlange
na verdade, ela era como uma serpente
Sie senkte anmutig ihren Kopf im Zickzack
Ela graciosamente ziguezagueou a cabeça para baixo
Und sie bewegte ihren Kopf durch die Bäume
e ela moveu a cabeça através das árvores
Aber dann hörte sie ein scharfes Zischen
mas então ela ouviu um silvo agudo
Und sie zog schnell den Kopf zurück
e ela rapidamente puxou a cabeça para trás
Eine große Taube war ihr ins Gesicht geflogen
um pombo grande tinha voado em seu rosto
und die Taube fuhr mit den Flügeln heftig zusammen
e o pombo estava violentamente com as asas

»Schlange!« rief die Taube

"Serpente!", gritou o pombo

"Ich bin keine Schlange!" sagte Alice entrüstet

"Eu não sou uma serpente!", disse Alice indignada

"Laß mich in Ruhe!"

"Deixem-me em paz!"

"Ich habe die Wurzeln von Bäumen ausprobiert"

"Já experimentei as raízes das árvores"

"Und ich habe es mit Hecken versucht", fuhr die Taube fort

"E eu tentei sebes", continuou o pombo

»Aber diese Schlangen! Man kann es ihnen nicht recht machen!"

"Mas essas serpentes! Não há como agradá-los!"

Alice war immer verwirrter

Alice estava cada vez mais intrigada

"Als ob es nicht schon Mühe genug wäre, die Eier auszubrüten!" sagte die Taube

"Como se não fosse problema suficiente chocar os ovos", disse o pombo

"Tag und Nacht muss ich mich auch vor Schlangen in Acht nehmen!"

"De noite e de dia também tenho de cuidar das serpentes!"

"Ich hatte gerade den höchsten Baum im Wald gefunden"

"Eu tinha acabado de encontrar a árvore mais alta da floresta"

"Wäre ich hier sicher frei von Schlangen?"

"certamente eu estaria livre de serpentes aqui?"

"Und heraus kommt eine Schlange vom Himmel!"

"E sai uma serpente do céu!"

"Aber ich bin keine Schlange, sage ich dir!" sagte Alice

"Mas eu não sou uma serpente, eu te digo!", disse Alice

"Ich bin ein... Ich bin ein... Ich bin ein kleines Mädchen«, fügte sie etwas zweifelnd hinzu

"Eu sou um... Eu sou um... Eu sou uma menina", acrescentou com bastante dúvida

Schließlich hatte sie viele Veränderungen durchgemacht

afinal, ela vinha passando por muitas mudanças

"Du suchst Eier!" sagte die Taube

— Você está procurando ovos — disse o pombo

"Das weiß ich mit Sicherheit"

"Eu sei disso por um fato"

"Und was macht es aus, ob du ein kleines Mädchen oder eine Schlange bist?"

"E o que importa se você é uma menina ou uma serpente?"

»Es liegt mir sehr viel daran,« sagte Alice hastig

"É muito importante para mim", disse Alice apressadamente

"Aber ich bin nicht auf der Suche nach Eiern, wie es der Zufall will"

"mas não estou à procura de ovos, como acontece"

"Und ich würde deine Eier sowieso nicht wollen"

"e eu não gostaria de seus ovos de qualquer maneira"

"Ich mag meine Eier nicht roh"

"Não gosto dos meus ovos crus"

»Nun, dann fort!« sagte die Taube in mürrischem Tone

"Bem, desligue-se então!", disse o pombo em tom de mau humor

und die Taube ließ sich wieder in ihrem Nest nieder

e o pombo instalou-se novamente no seu ninho

Alice kauerte sich zwischen die Bäume, so gut sie konnte

Alice agachou-se entre as árvores o melhor que pôde

Ihr Hals verfing sich immer wieder zwischen den Ästen

seu pescoço continuava se enroscando entre os galhos

Hin und wieder musste sie anhalten und ihren Hals aufdrehen

de vez em quando ela tinha que parar e destorcer o pescoço

Nach einer Weile erinnerte sie sich an den Pilz

Depois de algum tempo, lembrou-se do cogumelo

Sie hielt die Pilzstücke noch immer in ihren Händen

ela ainda segurava os pedaços de cogumelo nas mãos

Und sie machte sich sehr vorsichtig an die Arbeit

e ela começou a trabalhar com muito cuidado

Zuerst knabberte sie an einem Stück

primeiro ela mordiscou um pedaço

Und dann knabberte sie an dem anderen Stück

e então ela mordiscou o outro pedaço

Manchmal wurde sie größer
às vezes ela ficava mais alta
und manchmal wurde sie kleiner
e às vezes ela ficava mais curta
Aber schließlich erreichte sie ihre übliche Größe
mas finalmente ela alcançou sua altura habitual
Sie war schon seit einiger Zeit nicht mehr so groß wie sie selbst
ela não tinha sua própria altura há algum tempo
So fühlte sich alles eine Zeit lang seltsam an
então tudo parecia estranho por um tempo
"Das nächste, was zu tun ist, ist, in diesen schönen Garten zu gehen"
"A próxima coisa a fazer é entrar naquele belo jardim"
»wie soll man das machen?«
"Como é que isso vai ser feito, pergunto-me?"
Während sie dies sagte, stieß sie auf einen offenen Platz
Ao dizer isso, deparou-se com um lugar aberto
Da war ein kleines Haus, etwas höher als einen Meter
Havia uma casinha, um pouco mais alta do que um metro
"Ich frage mich, wer in diesem kleinen Haus wohnt"
"Pergunto-me quem vive nesta casinha"
"So groß wie ich bin, kann ich sicher nicht reingehen"
"Eu certamente não posso entrar tão grande quanto eu sou"
"Ich würde sie fürchterlich erschrecken!"
"Eu os assustaria terrivelmente!"
Also knabberte sie wieder an dem kleinen Pilz
então ela mordiscou o pequeno cogumelo novamente
Und bald brachte sie sich dreißig Zentimeter tief
e logo ela se abaixou trinta centímetros

Ein Schwein und etwas Pfeffer

Um porco e um pouco de pimenta

Ein oder zwei Minuten lang stand sie da und betrachtete das Haus

Por um minuto ou dois, ela ficou olhando para a casa

Plötzlich kam ein Lakai aus dem Walde gerannt

De repente, um peão saiu correndo da floresta

Er trug eine spezielle Livree-Uniform

ele estava usando um uniforme de pintura especial

Seinem Gesicht nach zu urteilen, hätte sie ihn einen Fisch genannt

A julgar apenas pelo seu rosto, ela tê-lo-ia chamado de peixe

und er klopfte laut mit den Fingerknöcheln an die Tür

e bateu alto na porta com os dedos

Die Tür wurde von einem anderen Lakaien geöffnet

A porta foi aberta por outro peão

Auch dieser Lakai trug eine besondere Livree

este peão também usava uma pintura especial

Dieser Lakai hatte ein rundes Gesicht und große Augen wie ein Frosch

Este peão tinha um rosto redondo e olhos grandes como um sapo

Der Lakai, der wie ein Fisch aussah, leitete die Zeremonie ein

O peão que parecia um peixe iniciou a cerimónia

Er zog etwas unter seinem Arm hervor

Ele puxou algo debaixo do braço

Und er zog unter seinem Arm einen Umschlag hervor

e puxou de debaixo do braço um envelope

und diesen Umschlag übergab er dem andern Lakaien

e este envelope ele entregou ao outro peão

In zeremoniellem Tone teilte er ihm die Befehle mit

Num tom cerimonioso, disse-lhe as ordens

"Diese Botschaft ist für die Herzogin"

"Esta mensagem é para a Duquesa"

"Eine Einladung der Königin zum Krocketspielen"

"Um convite da rainha para jogar croquet"

Der Lakai, der wie ein Frosch aussah, wiederholte den Befehl

O peão que parecia um sapo repetiu a ordem

"Von der Königin"

"Da Rainha"

"Eine Einladung"

"um convite"

"für die Herzogin"

"para a Duquesa"

"Krocket spielen"

"Brincando de croquete"

Dann verbeugten sie sich beide tief

Em seguida, ambos se curvaram

und die Locken in ihren Perücken verwickelten sich ineinander

e os cachos em suas perucas se enroscaram

Bald war der Lakai, der wie ein Fisch aussah, verschwunden

Logo o peão que parecia um peixe se foi

Aber der Lakai, der wie ein Frosch aussah, war immer noch da

mas o peão que parecia um sapo ainda estava lá

Er saß auf dem Boden in der Nähe der Tür

Ele estava sentado no chão perto da porta
Er starrte dumm in den Himmel
ele estava olhando estupidamente para o céu
Alice ging schüchtern zur Tür und klopfte
Alice foi timidamente até a porta e bateu
»Es hat keinen Zweck, anzuklopfen,« sagte der Lakai
"Não adianta bater", disse o peão
"Und das aus zwei Gründen"
"e isso por duas razões"
"Erstens, weil ich auf der gleichen Seite der Tür stehe wie du"
"Primeiro, porque estou do mesmo lado da porta que você"
"Zweitens, weil sie drinnen so viel Lärm machen"
"em segundo lugar, porque estão a fazer muito barulho lá dentro"
"Niemand könnte dich hören"
"ninguém poderia ouvi-lo"
Und es war gewiß ein höchst merkwürdiger Lärm im Innern
E certamente havia um barulho extraordinário acontecendo dentro
ein ständiges Heulen und Niesen
um uivo e espirros constantes
und ab und zu ein Geräusch von großem Krachen
e de vez em quando um som de grande batida
als ob eine Schüssel oder ein Wasserkocher in Stücke zerbrochen wäre
como se um prato ou chaleira tivesse sido partido em pedaços
"Wie soll ich da reinkommen?" fragte Alice
"Como é que eu vou entrar?", perguntou Alice
»Wollen Sie überhaupt hineinkommen?« fragte der Lakai
"Você deveria entrar?", perguntou o peão
"Das ist die erste Frage, weißt du"
"Essa é a primeira pergunta, você sabe"
Alice öffnete die Tür und trat ein
Alice abriu a porta e entrou
Die Tür führte direkt in eine große Küche
A porta levava à direita para uma grande cozinha

Die Küche war von einem Ende bis zum anderen voller Rauch
a cozinha estava cheia de fumaça de uma ponta à outra
in der Mitte der Küche saß die Herzogin
no meio da cozinha estava a Duquesa
Sie saß auf einem dreibeinigen Hocker
Ela estava sentada em um banquinho de três patas
und sie stillte ein Baby
e ela estava amamentando um bebê
Die Köchin beugte sich über das Feuer
O cozinheiro estava debruçado sobre o fogo
Er rührte einen großen Kessel
ele estava mexendo um grande caldeirão
und der Kessel schien mit Suppe gefüllt zu sein
e o caldeirão parecia estar cheio de sopa
"Da ist sicher zu viel Pfeffer drin!" sagte Alice zu sich selbst
"Certamente há muita pimenta nessa sopa!" Alice disse a si mesma
Sie sagte es, so gut sie konnte, ohne zu niesen
Ela disse o melhor que pôde sem espirrar
Sogar die Herzogin nieste gelegentlich
Até a duquesa espirrava ocasionalmente
Aber die Handlungen des Babys waren am bemerkenswertesten
Mas as ações do bebê foram as mais notáveis
Das Baby nieste und heulte abwechselnd
O bebê espirrava e uivava alternadamente
Es gab keinen Augenblick Pause zwischen Heulen und Niesen
Não houve um momento de pausa entre uivar e espirrar
Es gab zwei Kreaturen in der Küche, die nicht niesten
Havia duas criaturas na cozinha que não espirravam
Die Köchin war zu beschäftigt, um zu niesen
O cozinheiro estava muito ocupado para espirrar
Und die große Katze schien sich nicht an dem Pfeffer zu stören
e o gato grande parecia não se importar com a pimenta

Stattdessen grinste die große Katze von einem Ohr zum anderen

Em vez disso, o grande gato sorria de orelha a orelha

»Bitte, würdest du es mir sagen,« sagte Alice ein wenig schüchtern

— Por favor, você me diga — disse Alice, um pouco timidamente

"Warum grinst deine Katze so?"

"Por que seu gato está sorrindo assim?"

»Es ist eine Cheshire-Katze,« sagte die Herzogin

"É um Cheshire-Cat", disse a duquesa

"Und deshalb grinst er von Ohr zu Ohr"

"E é por isso que ele está sorrindo de orelha a orelha"

"Ich wusste nicht, dass eine Cheshire-Katze immer grinst"

"Eu não sabia que um gato de Cheshire sempre sorria"

"Eigentlich wusste ich nicht, dass Katzen grinsen können", sagte Alice

"Na verdade, eu não sabia que os gatos podiam sorrir", disse Alice

»Es gibt vieles, was Sie nicht wissen,« sagte die Herzogin

"Há muita coisa que você não sabe", disse a duquesa

"Es gibt vieles, was man nicht weiß, und das ist eine Tatsache"

"há muita coisa que você não sabe e isso é um fato"

In diesem Augenblick nahm die Köchin den Kessel mit der Suppe vom Feuer

Nesse momento, o cozinheiro tirou o caldeirão de sopa do fogo

Und sogleich fing sie an, alles in ihre Reichweite zu werfen

e imediatamente ela começou a jogar tudo ao seu alcance

sie warf alles, was sie konnte, auf die Herzogin und das Baby

ela jogou tudo o que podia na Duquesa e no bebê

Zuerst warf sie die Feuereisen

Primeiro ela jogou os ferros de fogo

Dann warf sie eine Handvoll Töpfe

Em seguida, ela jogou um punhado de panelas

und schließlich warf sie die Teller und Schüsseln
e finalmente ela jogou os pratos e pratos
Die Herzogin nahm keine Notiz von ihr
A duquesa não tomou conhecimento dela
Selbst als sie von einem Teller getroffen wurde, machte sie
sich keine Sorgen
Mesmo quando foi atingida por um prato, não se preocupou
Das Baby heulte schon so viel
O bebê já estava uivando tanto
Es war also unmöglich zu sagen, ob die Schläge das Baby
verletzt haben oder nicht
por isso, era impossível dizer se os golpes machucaram o bebê
ou não
"Oh, gib bitte acht, was du tust!" rief Alice
"Oh, por favor, lembre-se do que você está fazendo!", gritou
Alice
und sie sprang in Todesangst des Entsetzens auf und ab
e saltou para cima e para baixo numa agonia de terror
die Herzogin bot Alice das Baby an
a Duquesa ofereceu a Alice o bebé
»Hier! Du kannst das Kind ein wenig stillen, wenn du
willst!«
"Aqui! Você pode amamentar um pouco o bebê, se quiser!"
Und sie schleuderte das Kind nach ihr, während sie sprach
e ela jogou o bebê nela enquanto falava
"Ich muss gehen und mich darauf vorbereiten, mit der
Königin Krocket zu spielen"
"Tenho de ir preparar-me para jogar croquete com a rainha"
und sie eilte aus dem Zimmer
e ela saiu apressada da sala
Alice fing das Baby mit einiger Mühe auf
Alice apanhou o bebé com alguma dificuldade
weil es ein sehr seltsam geformtes kleines Wesen war
porque era uma criaturinha de forma muito estranha
Und das Kind streckte seine Arme und Beine nach allen
Richtungen aus
e o bebê estendeu os braços e as pernas em todas as direções

"Das Kind nehme ich lieber mit!" dachte Alice

"É melhor eu levar essa criança comigo", pensou Alice

"Sie werden dieses Baby sicher in ein oder zwei Tagen töten"

"Eles certamente matarão esse bebê em um ou dois dias"

"Wäre es nicht Mord, dieses Baby zurückzulassen?"

"Não seria assassinato deixar esse bebê para trás?"

Sie sprach die letzten Worte laut aus

Ela disse as últimas palavras em voz alta

Und das kleine Ding grunzte als Antwort

e a coisinha grunhiu em resposta

"Du verwandelst dich am besten nicht in ein Schwein, meine Liebe!" sagte Alice

"É melhor você não virar porco, minha querida", disse Alice

"sonst habe ich nichts mehr mit dir zu tun"

"ou então não terei mais nada a ver contigo"

Alice fing eben an, bei sich selbst zu denken:

Alice estava apenas começando a pensar consigo mesma:

»Nun, was soll ich mit diesem Geschöpf anfangen, wenn ich es nach Hause bringe?«

"Agora, o que devo fazer com esta criatura, quando a levar para casa?"

Aber dann grunzte das kleine Geschöpf ein wenig heftig

mas então a pequena criatura grunhiu um pouco violentamente

und Alice sah ihm erschrocken ins Gesicht

e Alice olhou para o seu rosto com algum alarme

Diesmal konnte es keinen Irrtum geben

Desta vez, não poderia haver erro sobre isso

Es war nicht mehr und nicht weniger als ein Schwein

não era nem mais nem menos do que um porco

Da setzte sie das kleine Geschöpf ab

então ela colocou a pequena criatura para baixo

und das kleine Geschöpf trabte leise in den Wald hinein

e a pequena criatura trote silenciosamente na madeira

Alice war ziemlich erleichtert, als sie die Kreatur verschwinden sah

Alice sentiu-se bastante aliviada ao ver a criatura partir.

Alice erschrak ein wenig, als sie die Cheshire-Katze sah

Alice ficou um pouco assustada ao ver o Cheshire-Cat

Er saß auf einem Ast eines Baumes, ein paar Meter entfernt

Ele estava sentado em um ramo de uma árvore a poucos metros de distância

Die Katze grinste nur, als sie sie sah

O gato só sorriu quando a viu

»Cheshire-Katze,« begann Alice etwas schüchtern

"Cheshire-cat", começou Alice, bastante timidamente

»Würden Sie mir bitte sagen, welchen Weg ich von hier aus einschlagen soll?«

"Por favor, você me diria que caminho eu deveria seguir a partir daqui?"

"In diese Richtung", sagte die Katze

"Nessa direção", disse o gato

Und er fuchtelte mit der rechten Pfote herum

e acenou com a pata direita

"In dieser Richtung lebt ein Hutmacher"

"Nesse sentido vive um fabricante de chapéus"

Und dann winkte die Katze mit der anderen Pfote

e então o gato acenou com a outra pata

"Und in dieser Richtung wohnt ein Märzhase"

"e nessa direção vive uma lebre de março"

»Besuchen Sie, wen Sie wollen; Sie sind beide verrückt"

"Visite o que quiser; ambos estão loucos"

»Aber ich will nicht unter Verrückte gehen«, bemerkte Alice

"Mas eu não quero ir entre loucos", comentou Alice

"Ach, dafür kannst du nicht helfen!" sagte die Katze

"Ah, você não pode evitar isso", disse o Gato

"Wir sind alle verrückt hier"

"Estamos todos loucos aqui"

"Spielst du heute Krocket mit der Queen?"

"Você está jogando croquete com a rainha hoje?"

"Das würde ich sehr gerne!" sagte Alice

"Eu gostaria muito", disse Alice

"aber ich bin noch nicht eingeladen worden"

"mas ainda não fui convidado"
"Du wirst mich dort sehen!" sagte die Katze
— Você vai me ver lá — disse o Gato
Und von einem Augenblick auf den anderen verschwand die Katze
e de um momento para o outro o gato desapareceu
bald kam Alice in Sichtweite des Hauses des Märzhasen
logo Alice avistou a casa da lebre marcha
Das war ein sehr großes Haus
Esta era uma casa muito grande
Alice wollte also nicht in die Nähe des Hauses gehen
então Alice não queria ir perto da casa
Zuerst musste sie noch etwas von dem linken Stück Pilz knabbern
primeiro ela teve que mordiscar mais um pouco do lado esquerdo do cogumelo

Eine verrückte Teeparty
uma festa de chá louca

Vor dem Haus stand ein Baum

Na frente da casa havia uma árvore

Und unter dem Baum stand ein Tisch

e debaixo da árvore havia uma mesa

und der Tisch war mit allerlei Besteck gedeckt

e a mesa estava posta com todos os tipos de talheres

Der Märzhase und der Hutmacher saßen bei Tisch

a lebre de marcha e o fabricante de chapéus estavam à mesa

und zusammen tranken sie Tee

e juntos tomavam chá

Ein Siebenschläfer saß zwischen ihnen

um dorrato estava sentado entre eles

und der Siebenschläfer schlief fest

e o dorrato estava dormindo rápido

Der Tisch war von außergewöhnlicher Größe

A mesa era de tamanho extraordinário

Aber der größte Teil des Tisches war unbesetzt

mas a maior parte da mesa estava desocupada

Sie saßen dicht gedrängt an einer Ecke des Tisches

sentaram-se amontoados num canto da mesa

und doch entschuldigten sie sich, als sie Alice sahen

e, no entanto, arranjaram desculpas quando viram Alice

»Kein Platz! Kein Platz!« schrien sie

"Sem espaço! Sem espaço!", gritaram

»Es ist viel Platz!« sagte Alice entrüstet

"Há muito espaço!", disse Alice indignada

An einem Ende des Tisches stand ein großer Sessel

Em uma extremidade da mesa havia uma grande poltrona

und Alice setzte sich in den Sessel

e Alice sentou-se na poltrona

Der Hutmacher riss die Augen weit auf

O fabricante de chapéus abriu bem os olhos

Er konnte nicht glauben, was er da sah

ele não conseguia acreditar no que estava vendo

aber sein Geist war neugierig auf andere Dinge

mas sua mente estava curiosa sobre outras coisas
»Warum ist ein Rabe wie ein Schreibtisch?«
"Por que um corvo é como uma escrivaninha?"
Alice war offen für die Herausforderung
Alice estava aberta ao desafio
"Ich bin froh, dass sie angefangen haben, Rätsel zu stellen"
"Ainda bem que começaram a perguntar enigmas"
»Ich glaube, das kann ich erraten«, fügte sie laut hinzu
"Acredito que posso adivinhar isso", acrescentou em voz alta
Der Märzhase wurde neugierig auf Alice
A lebre da marcha ficou curiosa sobre Alice
"Glaubst du wirklich, dass du die Antwort finden kannst?"
"Você realmente acha que pode encontrar a resposta?"
»Ich glaube, ich kann die Antwort finden,« sagte Alice
"Acho que posso encontrar a resposta de fato", disse Alice
»Dann sollst du sagen, was du meinst,« fuhr der Märzhase fort
"Então você deve dizer o que quer dizer", continuou a lebre da marcha
»Ich sage, was ich meine,« erwiderte Alice hastig
"Eu digo o que quero dizer", respondeu Alice apressadamente
"Zumindest meine ich ernst, was ich sage"
"no mínimo, quero dizer o que digo"
"Das ist dasselbe, weißt du"
"É a mesma coisa, sabe"
Auch der Siebenschläfer trug zu dem Gespräch bei
O Dormouse também contribuiu para a conversa
Aber der Siebenschläfer schien im Schlaf zu sprechen
Mas o dorrato parecia estar falando durante o sono
"Ich atme, wenn ich schlafe"
"Respiro quando durmo"
"Ich schlafe, wenn ich atme!"
"Durmo quando respiro!"
"Man könnte genauso gut sagen, dass sie auch gleich sind"
"você pode muito bem dizer que eles são os mesmos também"
"So ist es auch bei dir!" sagte der Hutmacher
— É a mesma coisa com você — disse o fabricante de chapéus

und er goß ein wenig Tee über die Nase des Siebenschläfers
e derramou um pouco de chá no nariz do dorrato
Das Murmelthier schüttelte ungeduldig den Kopf
O Dormouse balançou a cabeça impacientemente
Und wieder sprach das Murmelmaus, ohne die Augen zu öffnen
e novamente o dorrato falou, sem abrir os olhos
"Natürlich, natürlich ist es dasselbe"
"Claro que é a mesma coisa"
"Das wollte ich ja auch sagen"
"era só isso que eu ia dizer"

Der Hutmacher wandte sich an Alice und stellte eine weitere Frage
O fabricante de chapéus virou-se para Alice e fez outra pergunta
"Hast du das Rätsel schon erraten?"
"Já adivinhou o enigma?"
"Nein, ich gebe auf", gab Alice zu
"Não, eu desisto", admitiu Alice
"Was ist die Antwort?", wollte sie wissen
"Qual é a resposta?", ela queria saber
»Ich habe nicht die geringste Ahnung,« sagte der Hutmacher

"Não tenho a menor ideia", disse o fabricante de chapéus

"Ich weiß es auch nicht!" sagte der Märzhase

— Nem sei — disse a lebre da marcha

Alice stieß einen müden Seufzer aus

Alice deu um suspiro cansado

"Es gibt eine bessere Nutzung der Zeit als Rätsel ohne Antworten"

"Há melhores usos do tempo do que enigmas sem respostas"

»Trinken Sie noch etwas Tee,« sagte der Märzhase sehr ernst zu Alice

— Tome mais um chá — disse a lebre de marcha a Alice, com muita seriedade

Alice war ziemlich beleidigt über das Angebot

Alice ficou bastante ofendida com a oferta

»Ich habe noch keinen Tee getrunken,« erwiderte Alice

"Ainda não tomei chá", respondeu Alice

"Deshalb kann ich keinen Tee mehr trinken"

"por isso não posso tomar mais chá"

»Du meinst, weniger Tee kannst du nicht haben«, sagte der Hutmacher

"Quer dizer que não pode tomar menos chá", disse o fabricante de chapéus

"Es ist sehr einfach, mehr als nichts zu nehmen"

"É muito fácil levar mais do que nada"

Bei diesen Worten erhob sich Alice und ging fort

Nisto, Alice levantou-se e saiu

Der Siebenschläfer schlief augenblicklich ein

O dorrato adormeceu instantaneamente

und keiner der andern nahm die geringste Notiz davon, daß sie ging

e nenhum dos outros prestou a mínima atenção à sua ida

obwohl sie ein- oder zweimal zurückblickte

embora ela olhasse para trás uma ou duas vezes

Sie versuchten, den Siebenschläfer in die Teekanne zu stecken

eles estavam tentando colocar o dorrato no bule de chá

"Jedenfalls werde ich nie wieder dorthin gehen!" sagte Alice

"De qualquer forma, nunca mais irei lá!", disse Alice

Und sie ging ihren Weg durch den Wald

e ela caminhou através da floresta

"Das war die dümmste Teeparty, auf der ich je war"

"essa foi a festa de chá mais estúpida que eu já estive"

Gerade als sie das sagte, bemerkte sie etwas

Assim que ela disse isso, ela notou algo

Einer der Bäume hatte eine Tür, die direkt hineinführte

uma das árvores tinha uma porta que dava para dentro dela

»Das ist sehr interessant!« dachte sie

"Isso é muito interessante!", pensou

"Ich denke, ich kann genauso gut durch die Tür gehen"

"Acho que posso muito bem passar pela porta"

Und durch die Tür ging sie

E pela porta ela foi

Wieder befand sie sich in der langen Halle

Mais uma vez ela se viu no longo salão

Wieder stand sie dicht an dem kleinen Glastisch

novamente ela estava perto da pequena mesa de vidro

Sie nahm den kleinen goldenen Schlüssel

ela pegou a pequena chave de ouro

und sie schloß die Tür auf, die in den Garten führte

e destrancou a porta que dava para o jardim

Dann machte sie sich daran, an dem Pilz zu knabbern

Então ela começou a trabalhar mordiscando o cogumelo

Sie hatte ein Stück des Pilzes in ihrer Tasche aufbewahrt

Ela tinha guardado um pedaço do cogumelo no bolso

Und schließlich war sie etwa einen Meter groß

e, finalmente, ela tinha cerca de um metro de altura

dann ging sie den kleinen Korridor hinunter

Em seguida, ela caminhou pelo pequeno corredor

Und dann fand sie sich endlich in dem schönen Garten wieder

e então ela finalmente se encontrou no belo jardim

Und sie war zwischen den hellen Blumen und den kühlen Springbrunnen

e ela estava entre a flor brilhante e as fontes frescas

Der Krocketplatz der Königinnen

O chão de croquete da rainha

Ein großer Rosenstrauch stand in der Nähe des Eingangs des Gartens

Uma grande roseira estava perto da entrada do jardim

Die Rosen, die an dem Baum wuchsen, waren weiß

as rosas que cresciam na árvore eram brancas

aber es waren drei Gärtner, die die Rose bemalten

mas havia três jardineiros pintando a rosa

Sie waren damit beschäftigt, die Rosen rot zu färben

eles estavam ocupados pintando as rosas de vermelho

und Alice sah zu, wie sie die Rosen rot färbten

e Alice estava a vê-los pintar as rosas de vermelho

und plötzlich fielen ihre Augen zufällig auf Alice

e, de repente, os olhos caíram sobre Alice

Alice sprach ein wenig schüchtern

Alice falou um pouco timidamente

»Würden Sie es mir bitte sagen?«

"Você me diria, por favor";

"Warum malt ihr alle diese Rosen?"

"Por que vocês estão pintando essas rosas?"

Fünf und Sieben sagten nichts, sondern sahen zwei an

cinco e sete não disseram nada, mas olharam para dois

zwei Sprecher, mit leiser Stimme

dois falaram, em voz baixa

»Nun, die Sache ist die, sehen Sie, gnädige Frau.«

"Ora, o fato é que você vê, senhora"

"Das hier hätte ein roter Rosenstrauch sein sollen"

"isto aqui devia ter sido uma roseira vermelha"

"Und wir haben aus Versehen einen weißen Rosenstrauch hineingesetzt"

"e colocamos uma roseira branca por engano"

"Wie Sie mir zustimmen würden, darf die Königin es nicht herausfinden"

"Como você concordaria, a rainha não deve descobrir"

"Sonst würden wir uns allen die Köpfe abschneiden"

"Caso contrário, teríamos todos a cabeça cortada"

"Sie sehen also, gnädige Frau, wir tun unser Bestes"
"Então veja, senhora, estamos fazendo o nosso melhor"
Karte fünf hatte ängstlich über den Garten geschaut
Card Five olhava ansiosamente para o outro lado do jardim
In diesem Augenblick rief die fünfte Karte: "Die Königin!
Die Königin!"
Neste momento, o cartão cinco gritou: "A rainha! A rainha!"
und die drei Gärtner eilten augenblicklich davon
e os três jardineiros fugiram instantaneamente
und sie warfen sich flach auf ihre Gesichter
e atiraram-se de bruços sobre os seus rostos
Man hörte das Geräusch vieler Schritte
Houve um som de muitos passos
Alice sah sich um, begierig darauf, die Königin zu sehen
Alice olhou ao redor, ansiosa para ver a rainha
Am Anfang des Zuges standen zehn Soldaten
No início da procissão estavam dez soldados
Ihre Hände und Füße waren in den Ecken
suas mãos e pés estavam nos cantos
und in ihren Händen und Füßen waren Keulen
e nas suas mãos e pés havia paus
Als nächstes kamen die zehn Höflinge
Em seguida, vieram os dez cortesãos
die Höflinge waren über und über mit Diamanten
geschmückt
os cortesãos foram ornamentados com diamantes
Nach den Höflingen kamen die königlichen Kinder
Depois dos cortesãos vieram as crianças reais
Es waren zehn der königlichen Kinder
Havia dez dos filhos reais
und alle königlichen Kinder waren mit Herzen geschmückt
e todas as crianças reais foram ornamentadas com corações
Dann kamen die Gäste; Meist Könige und Königinnen
Em seguida, vieram os convidados; principalmente reis e
rainhas
und unter den Königen und Königinnen sah Alice jemanden
e entre os reis e a rainha Alice viu alguém

Sie sah wieder das weiße Kaninchen, das sie gejagt hatte
Voltou a ver o coelho branco que perseguira
Der Prozession folgte der Spitzbube der Herzen
Seguiu-se o cortejo de corações
Er trug die Krone des Königs
carregava a coroa do rei
und die Krone des Königs lag auf einem purpurnen Samtkissen
e a coroa do rei estava sobre uma almofada de veludo carmesim
Und dann kam das Ende dieser großen Prozession
e então chegou o fim desta grande procissão
Und da waren am Ende der König und die Königin der Herzen
e lá no final estavam o rei e a rainha de copas
der Zug kam Alice gegenüber
a procissão veio em frente a Alice
Und alle blieben stehen und sahen sie an
e todos pararam e olharam para ela
Und die Königin sprach streng: "Wer ist das?"
e a rainha disse severamente: "Quem é este?"
Sie sagte es zum Herzknaben
Ela disse isso ao Valete de Copas
aber er verbeugte sich nur und lächelte als Antwort
mas ele apenas se curvou e sorriu em resposta
Alice sprach sehr höflich
Alice falou muito educadamente
"Mein Name ist Alice, also bitte, Eure Majestät"
"Meu nome é Alice, então por favor sua majestade"
Aber sie hatte andere Gedanken für sich
mas ela tinha outros pensamentos para si mesma
"Es ist doch nur ein Kartenspiel!"
"Afinal, são apenas um pacote de cartas!"
»Kannst du Krocket spielen?« rief die Königin
"Você pode jogar croquet?", gritou a rainha
Die Frage war offenbar an Alice gerichtet
A pergunta era evidentemente destinada a Alice

"Ja!" sagte Alice laut

"Sim!", disse Alice em voz alta

"Komm also spielen!" brüllte die Königin

"Vem brincar então!", esbravejou a rainha

sprach eine schüchterne Stimme zu Alice

uma voz tímida falou com Alice

"Es ist ein sehr schöner Tag!"

"É um dia muito bom!"

Sie ging an dem weißen Kaninchen vorbei

Ela estava andando pelo coelho branco

und das weiße Kaninchen guckte ihr ängstlich ins Gesicht

e o Coelho Branco espiava ansiosamente em seu rosto

»ein sehr schöner Tag,« bestätigte Alice

"Um dia muito bom mesmo", confirmou Alice

»Wo ist die Herzogin?«

"Onde está a duquesa?"

»Still! Still!" sagte das Kaninchen

"Hush! Hush!", disse o Coelho

"Sie ist zum Tode verurteilt"

"Ela está sob pena de execução"

»Wofür wird sie hingerichtet?« fragte Alice

"Para que ela está sendo executada?", perguntou Alice

"Sie hat der Königin die Ohren abgewetzt", begann das Kaninchen

"Ela arrancou as orelhas da rainha", começou o coelho

schrie die Königin mit Donnerstimme

gritou a rainha em voz de trovão

"Ran an eure Plätze!"

"Chegue aos seus lugares!"

Und die Leute rannten in alle Richtungen herum

e as pessoas começaram a correr em todas as direções

Und sie fielen alle aneinander

e todos eles se enfrentaram

Sie hatten sich jedoch in ein oder zwei Minuten beruhigt

No entanto, eles se acomodaram em um ou dois minutos

Und dann begann das Spiel

e então o jogo começou

Alice hatte noch nie einen so merkwürdigen Krocketplatz gesehen
Alice nunca tinha visto um croquete tão curioso
Das Gras bestand nur aus Graten und Furchen
a grama era toda de sulcos e sulcos
Die Krocketbälle waren echte Igel
As bolas de croquete eram verdadeiros ouriços
und die Schlägel waren echte Flamingos
e os martelos eram verdadeiros flamingos
und die Soldaten standen auf Händen und Füßen
e os soldados ficaram de pé e mãos
weil die Bögen aus ihren Körpern gemacht wurden
porque os arcos eram feitos a partir dos seus corpos
Die Spieler spielten alle gleichzeitig
Os jogadores jogaram todos ao mesmo tempo
Niemand wartete, bis er an der Reihe war
ninguém esperou pela sua vez
und jeder stritt sich mit jedem
e todos brigavam com todos
und alle kämpften für die Igel
e todos lutavam pelos ouriços
Bald geriet die Königin in eine wütende Leidenschaft
Logo a rainha estava em uma paixão furiosa
Und sie fing an, herumzustampfen und zu schreien
e ela começou a carimbar e gritar
»Hacken Sie ihm den Kopf ab!«
"Pique a cabeça dele!"
"Hack ihr den Kopf ab!"
"Corte a cabeça dela!"
"Hackt ihnen alle Köpfe ab!"
"Pique todas as cabeças!"
Wieder dachte Alice bei sich.
Mais uma vez Alice pensou consigo mesma
"Sie lieben es schrecklich, hier Menschen zu enthaupten"
"Eles gostam muito de decapitar pessoas aqui"
"Das große Wunder ist, dass überhaupt noch jemand am Leben ist!"
Leben ist!"

"A grande maravilha é que ainda há alguém vivo!"
Sie sah sich nach einem Ausweg um
Ela estava procurando alguma maneira de escapar
Sie bemerkte eine merkwürdige Erscheinung in der Luft
Ela notou uma aparência curiosa no ar
»Es ist die Cheshire-Katze,« sagte sie zu sich selbst
"É o gato Cheshire", disse ela a si mesma
"Jetzt habe ich jemanden, mit dem ich reden kann"
"agora vou ter alguém com quem falar"
"Wie geht es dir?" fragte die Katze
"Como você está se saindo?", disse o gato
»Ich glaube nicht, daß sie ganz und gar fair spielen«, sagte Alice
"Acho que eles não jogam de forma justa", disse Alice
Und sie hatte einen ziemlich klagenden Ton
e ela tinha um tom bastante reclamante
"Sie streiten sich alle so fürchterlich"
"todos eles brigam tão terrivelmente"
"Man hört sich selbst nicht sprechen"
"Não se ouve falar"
"Und sie scheinen sich nicht an irgendwelche Regeln zu halten"
"e eles não parecem jogar de acordo com nenhuma regra"
die Katze stellte Alice mit leiser Stimme eine Frage
o gato fez uma pergunta a Alice em voz baixa
"Wie gefällt dir die Königin?"
"Como você gosta da rainha?"
»Ich mag sie gar nicht,« sagte Alice
"Eu não gosto nada dela", disse Alice

Alice dachte, sie könnte genauso gut zurückgehen
Alice pensou que poderia muito bem voltar
Sie wollte sehen, wie das Spiel läuft
ela queria ver como estava o jogo
Sie machte sich auf die Suche nach ihrem Igel
Ela saiu em busca de seu ouriço
Der Igel war damit beschäftigt, gegen einen anderen Igel zu kämpfen
O ouriço estava ocupado lutando contra outro ouriço
Das war eine ausgezeichnete Gelegenheit
Esta foi uma excelente oportunidade
Sie konnte einen Igel mit dem anderen krocketen
ela podia croquetar um ouriço com o outro
Aber ihr Flamingo war auf der anderen Seite des Gartens
mas seu flamingo estava do outro lado do jardim
Der Flamingo war ziemlich tollpatschig
o flamingo era bastante desajeitado
Ihr Flamingo versuchte, gegen einen Baum zu fliegen
seu flamingo estava tentando voar para cima de uma árvore

Sie packte den Flamingo am Bein
Ela pegou o flamingo pela perna
Und sie schob sich den Flamingo unter den Arm
e ela enfiou o flamingo debaixo do braço
So konnte der Flamingo nicht mehr entkommen
Dessa forma, o flamingo não conseguia escapar novamente
In diesem Augenblick traf Alice zufällig die Herzogin
Nesse momento, Alice conheceu a duquesa
Die Herzogin war nun aus dem Gefängnis entlassen worden
A duquesa estava agora fora da prisão
Sie schob ihren Arm liebevoll unter Alices Arm
Ela enfiou o braço carinhosamente debaixo do braço de Alice
Und dann gingen sie zusammen fort
e então eles saíram juntos
Alice war sehr froh, sie in so angenehmer Laune zu finden
Alice ficou muito feliz por encontrá-la em um temperamento
tão agradável
Sie erschrak jedoch ein wenig
No entanto, ela ficou um pouco assustada
Sie hörte die Stimme der Herzogin dicht an ihrem Ohr
Ela ouviu a voz da Duquesa perto de seu ouvido
"Du denkst über etwas nach, meine Liebe"
"Você está pensando em alguma coisa, meu caro"
"Und das lässt dich das Reden vergessen"
"e isso faz esquecer de falar"
»Das Spiel geht jetzt etwas besser«, sagte Alice
"O jogo está indo muito melhor agora", disse Alice
Es war eine Möglichkeit, das Gespräch am Laufen zu halten
era uma forma de manter a conversa
»So ist es,« sagte die Herzogin
"É assim mesmo", disse a duquesa
"Und die Moral davon ist folgende."
"E a moral disso é esta:"
"Es ist die Liebe, die alles macht!"
"É o amor que faz tudo!"
"Liebe ist das, was die Welt bewegt"
"O amor é o que faz o mundo girar"

Alice hatte eine andere Erklärung
Alice tinha outra explicação
**"Das macht jeder, der sich um seine eigenen
Angelegenheiten kümmert!"**
"É feito por cada um cuidando do seu próprio negócio!"
»Ah, gut! Du könntest Recht haben"
"Ah, bem! Você pode estar certo"
»Es bedeutet alles ziemlich dasselbe,« sagte die Herzogin
"Tudo significa a mesma coisa", disse a duquesa
und sie grub ihr spitzes kleines Kinn in Alices Schulter
e ela enfiou o queixo afiado no ombro de Alice
"Und die Moral davon ist folgende"
"e a moral disso é essa"
"Kümmere dich um die Sinne"
"Cuide do sentido"
"Und dann erledigen sich die Klänge von selbst"
"e então os sons vão cuidar de si mesmos"
Aber dann fing der Arm der Herzogin an zu zittern
Mas então o braço da duquesa começou a tremer
Alice blickte auf und da stand die Königin
Alice olhou para cima e lá estava a rainha
Die Königin hatte die Arme verschränkt
A rainha estava de braços cruzados
Und sie runzelte die Stirn wie ein Gewitter!
e ela franzia a testa como uma tempestade!
»Ich warne dich!« schrie die Königin
"Dou-lhe um aviso justo", gritou a rainha
Und sie stampfte auf den Boden, während sie sprach
e ela pisou no chão enquanto falava
"Entweder dein Kopf oder ihr Kopf muss ausgeschaltet sein"
"Ou a cabeça ou a cabeça dela devem estar apagadas"
"Treffen Sie Ihre Wahl!"
"Faça a sua escolha!"
"Und beeilen Sie sich"
"e seja rápido sobre isso"
Die Herzogin traf ihre Wahl
A duquesa fez a sua escolha

und in einem Augenblick war die Herzogin verschwunden
e em um momento a duquesa se foi
Da sprach die Königin zu Alice
Em seguida, a rainha falou com Alice
"Weiter geht's mit dem Spiel"
"Vamos continuar com o jogo"
Alice war zu erschrocken, um ein Wort zu sagen
Alice estava muito assustada para dizer uma palavra
und langsam folgte sie ihrem Rücken zum Krocketplatz
e ela lentamente a seguiu de volta para o chão de croquete
Die ganze Zeit stritt sich die Dame mit den anderen Spielern
O tempo todo a rainha brigou com os outros jogadores
»Hacken Sie ihm den Kopf ab!«
"Pique a cabeça dele!"
"Hack ihr den Kopf ab!"
"Corte a cabeça dela!"
"Hackt ihnen alle Köpfe ab!"
"Pique todas as cabeças!"
Bald waren alle Spieler in Gewahrsam
Logo todos os jogadores estavam sob custódia
nur der König, die Königin und Alice blieben zurück
apenas o rei, a rainha e Alice permaneceram
Da ging die Königin, ganz außer Atem
Então a rainha foi embora, sem fôlego
und sie ging mit Alice fort
e ela foi embora com Alice
Alice hörte, wie der König leise etwas sagte
Alice ouviu o rei dizer baixinho alguma coisa
"Ihr seid alle begnadigt"
"Vocês estão todos perdoados"
aber plötzlich hörte man einen neuen Schrei
mas, de repente, ouviu-se outro grito
"Der Prozess beginnt!"
"O julgamento está a começar!"
und Alice lief mit den andern
e Alice correu junto com os outros

Wer hat die Torten gestohlen?

quem roubou as tortas?

Der Herzkönig und die Herzkönigin saßen

O rei e a rainha de corações estavam sentados

sie saßen auf ihrem Thron, als Alice ankam

eles estavam em seu trono quando Alice chegou

Eine große Menschenmenge war um sie herum versammelt

havia uma grande multidão reunida em torno deles

Es gab allerlei kleine Vögel und Bestien

Havia todos os tipos de passarinhos e bestas

Und da war das ganze Kartenspiel

e havia todo o pacote de cartas

Der Spitzbube stand in Ketten vor ihnen

o valete estava parado à sua frente, acorrentado

und auf jeder Seite war ein Soldat, der ihn bewachte

e havia um soldado de cada lado para protegê-lo

in der Nähe des Königs war das weiße Kaninchen

perto do rei estava o coelho branco

Er hatte eine Trompete in der einen Hand

tinha uma trombeta numa das mãos

Und in der andern Hand hielt er eine Pergamentrolle

e tinha um pergaminho na outra mão

In der Mitte des Platzes stand ein Tisch

No meio da quadra havia uma mesa

Auf dem Tisch stand eine große Schüssel mit Torten

sobre a mesa havia um grande prato de tortas

**"Ich wünschte, sie würden den Prozess zu Ende bringen",
dachte Alice**

"Eu gostaria que eles fizessem o julgamento", pensou Alice

"Dann könnten wir etwas von diesen Erfrischungen essen!"

"Então poderíamos comer alguns desses refrescos!"

Der Richter war übrigens der König
O juiz, aliás, era o rei
und er trug seine Krone über seiner großen Perücke
e usava a coroa sobre a sua grande peruca
»Das ist die Loge der Geschworenen!« dachte Alice
"Essa é a caixa do júri", pensou Alice
"Und diese zwölf Geschöpfe, ich nehme an, sie sind die Geschworenen"
"e essas doze criaturas, suponho que sejam os jurados"
einige waren Tiere, andere waren Vögel
alguns eram animais e outros eram pássaros
In diesem Augenblick schrie das weiße Kaninchen auf
Nesse momento, o coelho branco gritou
"Schweigen im Gericht!"
"Silêncio no tribunal!"
»Herold, lesen Sie die Anklage!« sagte der König

"Arauto, leia a acusação!", disse o rei
Das weiße Kaninchen blies drei Stöße auf die Trompete
O coelho branco soou três explosões na trombeta
dann entrollte er die Pergamentrolle
depois desenrolou o pergaminho-pergaminho
Und er las folgendes:
e leu o seguinte:
"Die Königin der Herzen, sie hat ein paar Torten gebacken."
"A rainha de corações, ela fez umas tortas"
"All das tat sie an einem Sommertag"
"Tudo isto ela fez num dia de verão"
"Der Schurke der Herzen, er hat diese Torten gestohlen"
"A nave dos corações, roubou aquelas tortas"
"Und er hat diese Torten weit weg gebracht!"
"E ele levou aquelas tortas para longe!"
»Rufen Sie den ersten Zeugen,« sagte der König
— Chame a primeira testemunha — disse o rei
und das weiße Kaninchen blies drei Stöße auf die Trompete
e o coelho branco soou três explosões na trombeta
»Bringt den ersten Zeugen!« rief er
"Traga a primeira testemunha!", gritou
Der erste Zeuge war der Hutmacher
A primeira testemunha foi o fabricante de chapéus
Er kam mit einer Teetasse in der einen Hand herein
Ele entrou com uma xícara de chá em uma das mãos
Und in der anderen Hand hatte er ein Stück Brot und Butter
e tinha um pedaço de pão com manteiga na outra mão
»Du hättest fertig sein sollen,« sagte der König
— Você deveria ter terminado — disse o rei
"Wann hast du angefangen?"
"Quando você começou?"
Der Hutmacher schaute sich den Märzhasen an
O fabricante de chapéus olhou para a lebre de marcha
Der Märzhase war ihm in den Hof gefolgt
a lebre de marcha o seguira até a corte
Er war Arm in Arm mit dem Siebenschläfer gegangen
Ele tinha andado de braços dados com o dorrato

»Ich glaube, es war der vierzehnte März«, sagte er

"Décimo quarto de março, acho que foi", disse ele

»Geben Sie Ihre Aussage,« sagte der König

— Dê suas provas — disse o rei

"Und sei nicht nervös, sonst lasse ich dich auf der Stelle hinrichten"

"e não fique nervoso, ou eu vou mandar executá-lo na hora"

Das schien den Zeugen überhaupt nicht zu ermutigen

Isso não parecia encorajar a testemunha

Er rutschte immer wieder von einem Fuß auf den anderen

ele continuou mudando de um pé para o outro

und er sah die Königin unruhig an

e olhou inquieto para a rainha

und in seiner Verwirrung biß er ein großes Stück aus seiner Teetasse

e, em sua confusão, ele mordeu um grande pedaço de sua xícara de chá

Eigentlich wollte er von seinem Brot und seiner Butter beißen

realmente ele queria morder seu pão com manteiga

In diesem Augenblick fühlte Alice eine sehr merkwürdige Empfindung

Neste momento Alice sentiu uma sensação muito curiosa

Sie fing an, wieder größer zu werden

ela estava começando a crescer novamente

Der unglückliche Hutmacher ließ seine Teetasse fallen

O miserável fabricante de chapéus deixou cair a sua chávena de chá

und das Brot und die Butter fielen zu Boden

e o pão e a manteiga caíram por terra

und er fiel auf die Knie

e ele desceu de joelhos

»Ich bin ein armer Mann, Eure Majestät,« begann er

"Sou um pobre homem, vossa majestade", começou

»Du bist ein sehr schlechter Redner,« sagte der König

— Você é um orador muito pobre — disse o rei

»Du darfst gehen,« sagte der König

— Pode ir — disse o rei

und der Hutmacher verließ eilig den Hof

e o fabricante de chapéus saiu apressado do tribunal

»Rufen Sie den nächsten Zeugen her!« sagte der König

"Chame a próxima testemunha!", disse o rei

Der nächste Zeuge war die Köchin der Herzogin

A próxima testemunha foi a cozinheira da duquesa

Sie trug die Pfefferdose in der Hand

Ela carregava a caixa de pimenta na mão

Und die Leute in der Nähe der Tür fingen auf einmal an zu niesen

e as pessoas perto da porta começaram a espirrar de uma só vez

»Geben Sie Ihre Aussage,« sagte der König

— Dê suas provas — disse o rei

»Ich will nichts beweisen,« sagte die Köchin

"Não vou dar provas", disse o cozinheiro

Der König sah das weiße Kaninchen ängstlich an

O rei olhou ansioso para o coelho branco

Und das weiße Kaninchen sprach mit leiser Stimme

e o coelho branco falou em voz baixa

"Eure Majestät müssen diesen Zeugen ins Kreuzverhör nehmen"

"Vossa Majestade deve interrogar esta testemunha"

»Nun, wenn ich muß, so muß ich,« sagte der König

"Bem, se eu preciso, eu devo", disse o rei

"Woraus bestehen Torten?"

"De que são feitas as tortas?"

»Torten werden meistens aus Pfeffer gemacht«, sagte die Köchin

"As tortas são feitas de pimenta, principalmente", disse o cozinheiro

Einige Minuten lang war der ganze Hof in Verwirrung

Durante alguns minutos, toda a quadra ficou confusa

Schließlich ließen sie sich alle wieder nieder

eventualmente, todos eles se estabeleceram novamente

Aber da war die Köchin schon verschwunden

mas nessa altura o cozinheiro já tinha desaparecido
»Macht nichts!« sagte der König
"Não importa!", disse o rei
"Rufen Sie den nächsten Zeugen in den Zeugenstand"
"Chame para a tribuna a próxima testemunha"
Alice beobachtete das weiße Kaninchen, wie es an der Liste herumfummelte
Alice observou o coelho branco enquanto ele se atrapalhava com a lista
Sie können sich vorstellen, wie überrascht sie war, als sie das hörte, was sie als nächstes hörte
você pode imaginar sua surpresa com o que ela ouviu a seguir
Mit lauter schriller kleiner Stimme rief er den Namen »Alice!«
no alto de sua vozinha estridente, ele chamou o nome de "Alice!"

Alices Beweise
Provas de Alice

»Hier!« rief Alice
"Aqui!", gritou Alice
Sie sprang in großer Eile auf
Ela saltou com muita pressa
und sie kippte die Geschworenenloge um
e ela tombou sobre a caixa do júri
und sie warf alle Geschworenen um
e derrubou todos os jurados
und sie fielen auf die Köpfe der Menge unten
e caíram sobre as cabeças da multidão abaixo
Alice war in großer Bestürzung
Alice estava muito consternada
»Oh, ich bitte um Verzeihung!« rief sie aus
"Oh, peço perdão!", exclamou
»Der Prozeß kann nicht fortgesetzt werden,« sagte der König
"O julgamento não pode prosseguir", disse o rei
**"Die Geschworenen müssen wieder an ihre angestammten
Plätze zurückkehren"**
"Os jurados devem voltar aos seus devidos lugares"
Er wiederholte den Befehl mit großem Nachdruck
repetiu a ordem com grande ênfase
und er sah Alice streng an
e olhou para Alice com severidade
**"Was weißt du über diese Ereignisse?" fragte der König
Alice**
"O que sabes sobre estes acontecimentos?", perguntou o rei a
Alice
»Ich weiß nichts von der Sache,« sagte Alice
"Não sei nada sobre o assunto", disse Alice
Dann las der König aus seinem Buch vor
O rei então leu de seu livro
"Regel zweiundvierzig"
"Regra quarenta e duas"
**"Alle Personen, die mehr als eine Meile hoch sind, sollen
das Gericht verlassen"**

"Todas as pessoas com mais de um quilómetro de altura
devem abandonar o tribunal"
»Ich bin keine Meile hoch,« sagte Alice
"Eu não tenho um quilômetro de altura", disse Alice
»Fast zwei Meilen hoch,« sagte die Königin
"Quase dois quilômetros de altura", disse a rainha

»Nun, ich weigere mich zu gehen,« sagte Alice
— Bem, eu me recuso a ir — disse Alice
Der König erbleichte
O rei ficou pálido
und er schloß hastig sein Notizbuch
e fechou apressadamente o caderno de notas
**»Überlegen Sie sich Ihr Urteil«, sagte er zu den
Geschworenen**
"Considere seu veredicto", disse ele ao júri
Er sprach mit leiser, zitternder Stimme
Ele falou com uma voz baixa e trêmula
Da sprach das weiße Kaninchen
Então o coelho branco falou

"Es werden noch mehr Beweise kommen"
"Ainda há mais evidências por vir"
und er sprang in großer Eile auf
e saltou com muita pressa
"Dieses Papier wurde gerade abgeholt"
"Este artigo acaba de ser retirado"
"Es scheint ein Brief des Gefangenen zu sein"
"Parece ser uma carta escrita pelo prisioneiro"
Er faltete das Papier auseinander, während er sprach
Ele desdobrou o papel enquanto falava
"Es ist doch kein Brief"
"Afinal, não é uma carta"
"Was es war, war eine Reihe von Versen"
"o que era era um conjunto de versos"
»Bitte, Eure Majestät,« sagte der Spitzbube
— Por favor, sua majestade — disse o knave
"Ich habe diese Verse nicht geschrieben"
"Eu não escrevi esses versos"
"und sie können nicht beweisen, dass ich etwas geschrieben habe"
"e eles não podem provar que eu escrevi nada"
"Am Ende ist kein Name unterschrieben"
"Não há nome assinado no final"
Der König sprach mit dem Spitzbuben
O rei falou ao Valete
"Du musst vorgehabt haben, Unheil anzurichten"
"Você deve ter tido a intenção de causar alguma travessura"
"Sonst hättest du wie ein ehrlicher Mann unterschrieben"
"caso contrário, você teria assinado seu nome como um homem honesto"
Es gab ein allgemeines Händeklatschen
Houve um aplauso geral
Und der König wandte sich an das weiße Kaninchen
e o rei voltou-se para o coelho branco
»Lest die Verse!« befahl er.
"Leia os versos", ordenou
Es herrschte Totenstille im Gerichtssaal

Houve silêncio morto no tribunal
und das weiße Kaninchen las die Verse vor
e o coelho branco leu os versos
Sie sagten mir, du wärst bei ihr gewesen
Disseram-me que tinha estado com ela
Und sie erwähnten mich ihm gegenüber
E eles me mencionaram a ele
Sie gab mir einen guten Charakter
Ela me deu um bom caráter
Aber sie sagte, ich könne nicht schwimmen
Mas ela disse que eu não sabia nadar
Er ließ ihnen wissen, dass ich nicht gegangen sei
Mandou-lhes a notícia de que eu não tinha ido
Wir wissen, dass es wahr ist
Sabemos que é verdade
Wenn sie die Sache vorantreiben sollte, was würde aus dir werden?
Se ela insistisse no assunto, o que seria de você?
Ich gab ihr einen, sie gaben ihm zwei
Dei-lhe um, deram-lhe dois
Du hast uns drei oder mehr gegeben
Deu-nos três ou mais
Sie sind alle von ihm zu dir zurückgekehrt
Todos eles voltaram dele para você
obwohl sie vorher meine waren
embora fossem meus antes
Wenn ich oder sie die Chance haben sollte,
Se eu ou ela tiver a chance de ser
Wenn ich oder sie in diese Affäre verwickelt wäre
Se eu ou ela estivesse envolvido neste caso
Er vertraut auf dich, dass du sie befreien wirst
Ele confia em você para libertá-los
Genau so wie wir waren
Exatamente como nós éramos
Ich hatte den Eindruck, dass Sie
A minha noção era que tinha sido
Bevor sie diesen Anfall hatte

Antes ela tinha esse encaixe
Ein Hindernis, das dazwischen kam
Um obstáculo que surgiu entre
Er und wir und es
Ele, e nós mesmos, e ele
Lass ihn nicht wissen, dass sie ihr am besten gefallen haben
Não deixe que ele saiba que ela gostou mais deles
Denn dies muss für immer ein Geheimnis bleiben, das vor allen anderen verborgen bleibt
Pois isto deve ser para sempre um segredo, guardado de todo o resto
Dieses Geheimnis muss ein Geheimnis zwischen dir und mir bleiben
Este segredo deve permanecer um segredo entre mim e você
Der König war sehr beeindruckt
O rei ficou muito impressionado
"Das ist das wichtigste Beweisstück, das wir bisher gehört haben"
"Essa é a evidência mais importante que já ouvimos"
»Ich glaube nicht, daß diese Verse auch nur ein Atom Bedeutung haben,« wandte Alice ein
"Não acredito que esses versos carreguem um átomo de significado", objetou Alice
der König hatte seine eigene Meinung zu dieser Angelegenheit
o rei tinha a sua própria opinião sobre o assunto
"Wenn diese Worte keinen Sinn haben, erspart das eine Menge Ärger"
"Se não há significado nessas palavras, isso salva um mundo de problemas"
"Dann brauchen wir nicht zu versuchen, den Sinn zu finden"
"então não precisamos tentar encontrar o significado"
"Lassen Sie die Geschworenen über ihr Urteil nachdenken"
"Que o júri considere o seu veredicto"
»Nein, nein!« sagte die Königin
"Não, não!", disse a rainha

"Erst die Verurteilung, dann das Urteil"
"Sentença primeiro, veredicto depois"
"Zeug und Unsinn!" sagte Alice laut
"Coisas e bobagens!", disse Alice em voz alta
"Wie dumm ist es, den Angeklagten zuerst zu verurteilen!"
"Que bobagem condenar o réu primeiro!"

»Schweige!« sagte die Königin und färbte sich violett an
"Segura a língua!", disse a rainha, ficando roxa
"Ich werde nicht den Mund halten!" sagte Alice
"Não vou segurar a língua!", disse Alice
schrie die Königin aus voller Kehle
A rainha gritou no alto de sua voz
"Hack ihr den Kopf ab!"
"Corte a cabeça dela!"
Niemand machte eine Bewegung
Ninguém fez um movimento
"Wen kümmert es, was du sagst?" sagte Alice
"Quem se importa com o que você diz?", disse Alice
Zu diesem Zeitpunkt war sie bereits zu ihrer vollen Größe

herangewachsen

por esta altura, já tinha atingido o seu tamanho total

"Du bist nichts als ein Kartenspiel!"

"Você não passa de um pacote de cartas!"

Bei diesen Worten hoben sich alle Karten in die Luft

Nisto, todas as cartas subiram no ar

und alle Karten flogen auf sie herab

e todas as cartas desceram voando sobre ela

Sie stieß einen kleinen Schrei aus

Ela deu um pequeno grito

Sie war halb erschrocken, aber auch wütend

Ela estava meio com medo, mas também com raiva

Und sie versuchte, sich gegen die Karten zu wehren

e ela tentou lutar contra as cartas de si mesma

Und dann fand sie sich auf der Grasbank liegend

e então ela se viu deitada no banco de grama

Ihr Kopf lag im Schoß ihrer Schwester

a cabeça estava no colo da irmã

Einige abgestorbene Blätter waren auf ihrem Gesicht gelandet

algumas folhas mortas haviam pousado em seu rosto

und ihre Schwester wischte vorsichtig die Blätter weg

e sua irmã estava suavemente escovando as folhas

»Wach auf, liebe Alice!« sagte die Schwester

"Acorda, Alice querida!", disse a irmã

"Was für einen langen Schlaf hast du gehabt!"

"Que longo sono você teve!"

"Oh, ich habe so einen merkwürdigen Traum gehabt!" sagte Alice

"Ah, eu tive um sonho tão curioso!", disse Alice

Und sie erzählte ihrer Schwester alles, woran sie sich erinnern konnte

E contou à irmã tudo o que se lembrava

all die seltsamen Abenteuer, von denen Sie gerade gelesen haben

todas as estranhas aventuras que você acabou de ler sobre

Alice stand auf und rannte davon

Alice levantou-se e fugiu
Und während sie lief, dachte sie an ihren Traum
e pensou, enquanto corria, no seu sonho
"Was für ein wunderbarer Traum das gewesen war!"
"Que sonho maravilhoso tinha sido!"